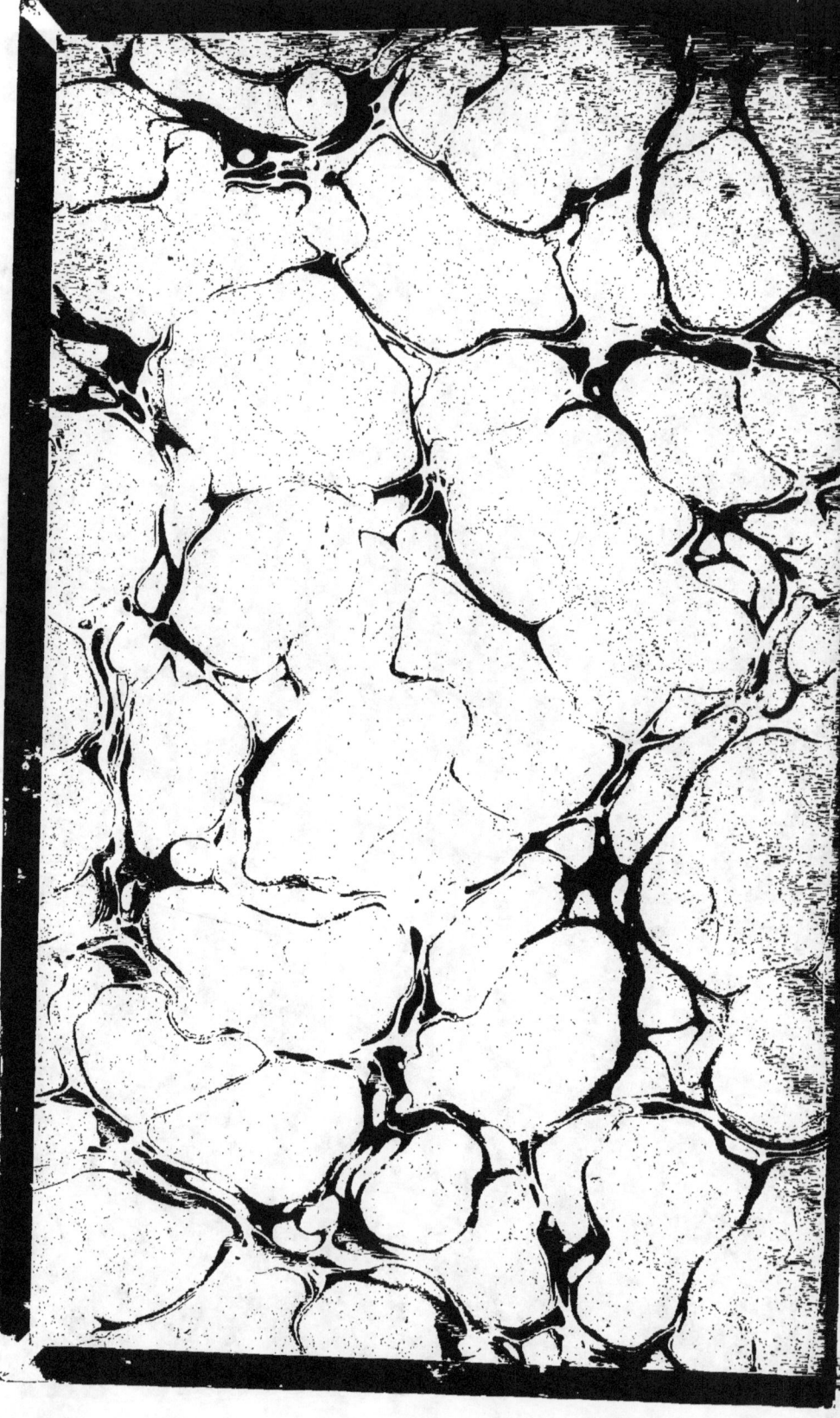

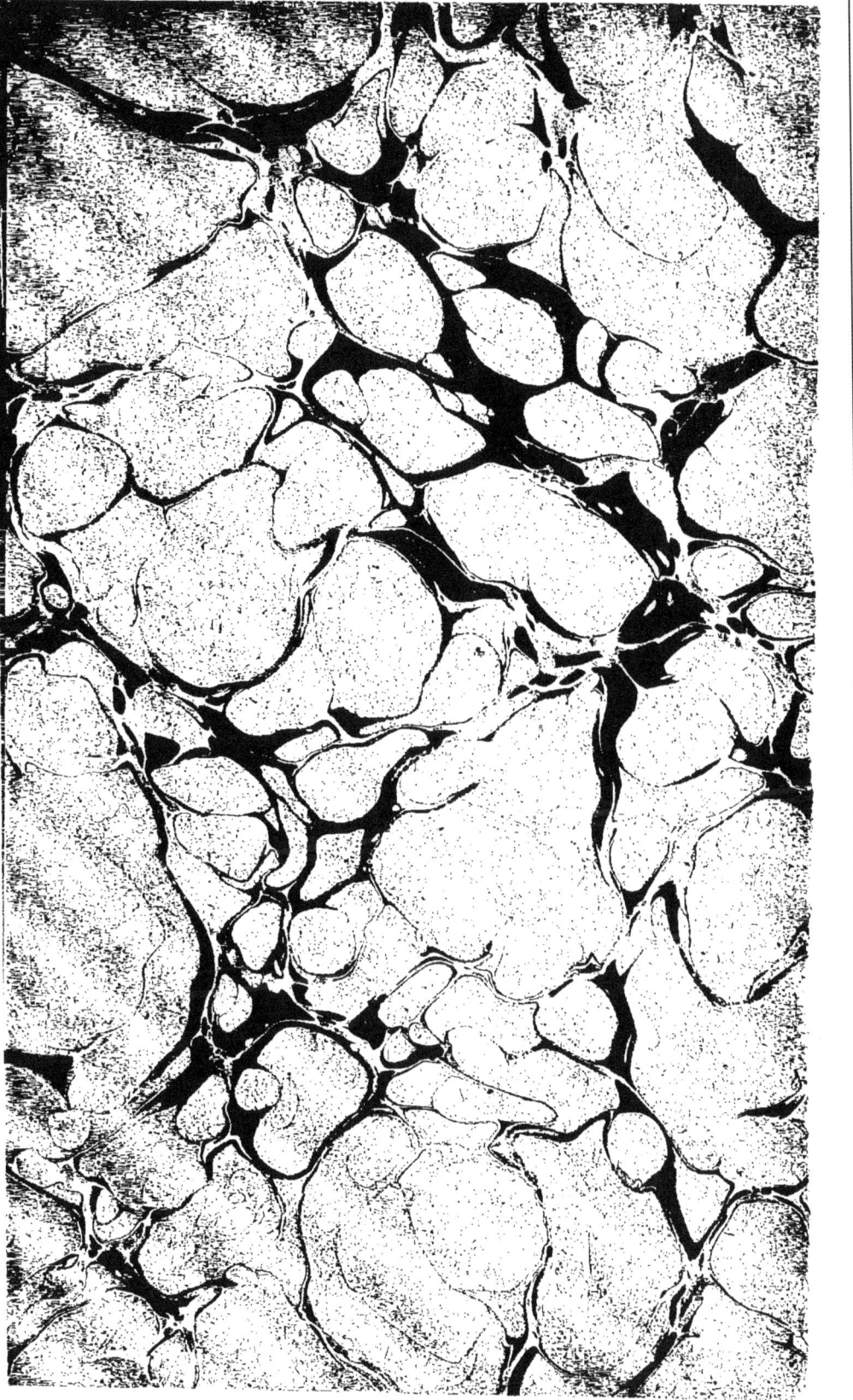

COULOIRS ET COULISSES

CALMANN LÉVY, ÉDITEUR

———

DU MÊME AUTEUR

UN PARISIEN CHEZ LES RUSSES. . . . . . . 1 vol.
PETITS COTÉS D'UN GRAND DRAME. . . . . —

PARIS. — IMP. P. MOUILLOT, 13-15, QUAI VOLTAIRE. —

COULOIRS

ET

COULISSES

PAR

ADOLPHE BADIN

PARIS

CALMANN LÉVY, EDITEUR

ANCIENNE MAISON MICHEL LÉVY FRÈRES

3, RUE AUBER, 3

—

1884

COULOIRS ET COULISSES

LES CONFIDENCES

DE MADEMOISELLE

MARIE D'HERBELOT

I

Pourquoi je suis entrée au Théâtre? Allons!
vous voilà comme les autres. Vous comprenez la *demoiselle* de la concierge de la rue
Rambuteau ou de la matelassière de la rue
Cardinet, qui entre au Conservatoire à douze
ans, décroche à seize un second accessit et
son premier amoureux dans la classe de
M. Delaunay, puis enlève, à dix-sept ans, un
second prix, et un amant dans la finance qui

1

facilitera puissamment ses débuts à l'Odéon ou bien au Vaudeville. Vous comprenez la jolie fille qui se *met* un beau jour chez Koning ou chez Bertrand, par caprice de vanité ou par calcul, pour se faire *une situation*. Vous comprenez encore, à la rigueur, les vocations irrésistibles, surtout dans les familles d'artistes, quand on a *ça dans le sang*.

Mais moi, dont vous connaissez la vie, et dont vous aimez les parents, de braves gens, très simples, très corrects et pas du tout artistes ; moi qui n'ai jamais eu dans ma famille le moindre comédien ni la moindre tragédienne, vous ne vous expliquez point ce qui m'a pu pousser dans cette voie si fort en dehors de celle qu'ont toujours suivie les miens.

Eh bien, tenez, je vais vous dire quelque chose que je n'ai dit encore à personne, pas même à mon père.

Aussi bien, c'est déjà de l'histoire ancienne. Cela remonte à sept ans. C'est vrai, pourtant, il y a sept ans de cela !

La scène se passe dans un château, un vrai château, s'il vous plaît, avec un grand parc, qui donne directement sur une forêt. Nous avions été invités, mon père, ma mère et moi, à passer quelques semaines dans cette aimable et confortable résidence.

Il y avait d'autres personnes avec nous, au château, et notamment un jeune homme de vingt-deux ans, fort bien tourné, mais un peu gauche encore, et qui me faisait une cour discrète; jamais un mot, mais des regards!.. surtout quand il croyait que je ne le voyais point.

Mais, à seize ans, on a déjà des yeux pour voir derrière soi.

Car j'avais seize ans. Il est vrai que j'en paraissais davantage. — On me dit quelquefois que je ne suis pas mal. C'est votre avis aussi, n'est-ce pas, mon ami? Oui, oui. Merci, je vous fais grâce du madrigal. — Eh bien, à cette époque-là, j'étais beaucoup mieux qu'aujourd'hui. Oh! vous pouvez me croire, je n'y mets point de coquetterie. Ce que je

vous dis : c'est pour que vous compreniez
mieux ma petite histoire.

J'étais aussi grande, aussi forte, aussi
femme enfin que maintenant, et c'était cela,
probablement, qui intimidait tant mon amoureux.

Nous faisions souvent des promenades à
cheval dans le parc, ou dans la forêt, le
matin, avant le déjeuner ; pas seuls, bien
entendu : mon père nous accompagnait, ou
un ami.

Un matin, mon père reçut une dépêche
qui l'appelait à Paris. Il partit aussitôt, en
disant qu'il reviendrait pour le dîner. Un ami
de Christian de N... (mon amoureux s'appelait ainsi), un jeune officier qui sortait de
Saint-Cyr, s'offrit alors à nous accompagner,
et nous voilà partis tous les trois au petit
galop de chasse.

Arrivés à l'entrée de la forêt, je pris, sans
m'en apercevoir, une allée assez étroite, où
deux chevaux seulement pouvaient passer de
front, et le hasard voulut que ce fût précisé-

ment le jeune officier qui se trouvât galoper
à côté de moi, tandis que le pauvre Christian
venait seul par derrière nous.

Naturellement, l'officier crut devoir profiter de la situation pour se montrer aimable
et galant ; et, comme il était très gai, je
l'écoutais volontiers et riais très fort de ses
folies, sans songer à Christian, qui rongeait
son frein en passant sa mauvaise humeur
sur son cheval.

Tout d'un coup, je sentis ma jument s'enlever si brusquement que je faillis être jetée
contre un gros arbre, et partir d'un galop
furieux, comme affolée.

C'était Christian qui, n'y pouvant plus
tenir, avait cinglé la pauvre bête d'un violent coup de cravache, pour m'arracher à
mon tête-à-tête avec l'officier ; après quoi,
laissant à son tour celui-ci en arrière, il avait
poussé son cheval pour me rejoindre. Je le
vis bientôt approcher, la figure en feu, les
yeux pleins de larmes ; il me demanda pardon, en bégayant d'émotion, de son mouve-

ment d'absurde violence ; mais cela avait été plus fort que lui ; il ne savait comment cela s'était fait ; les mots lui sortaient un à un de la gorge ; puis, se montant peu à peu, il finit par éclater et par m'avouer qu'il m'aimait comme un fou, qu'il m'avait aimée dès qu'il m'avait vue, et qu'il sentait bien qu'il m'aimerait toujours.

Il parla longtemps ainsi ; il n'y a que les gens discrets à l'ordinaire pour devenir de terribles bavards, une fois sortis de leur caractère.

Quant à moi, j'aurais été bien embarrassée d'analyser ce que j'éprouvais en l'écoutant. Chose curieuse, ce coup de cravache, qui avait manqué de me tuer, ne me déplaisait point. Cette violence inattendue chez ce timide l'avait relevé à mes yeux.

Et puis cette douce et enivrante musique, que je n'avais pas encore entendue, sonnait délicieusement à mes oreilles. Je vous ai dit qu'il était fort bien de sa personne, ce Christian. Enfin, nous étions seuls dans cette belle forêt, pleine de parfums et de chants d'oiseaux, et la rapidité de notre course, l'air vif qui nous fouettait le visage, tout cela me troublait prodigieusement.

Je ne répondis rien à Christian ; mais je l'écoutais avidement, sans perdre un mot de ce qu'il disait.

Nous arrivâmes ainsi en vue du château.

— Votre père revient par le train de six heures quarante, me dit Christian d'une voix toute tremblante ; voulez-vous que je demande au mien de lui dire?..

Alors, très bas, sans le regarder, je répondis :

— Si vous voulez !

Et, fouettant ma jument, je m'élançai, et regagnai le château d'un temps de galop.

Le soir de ce même jour, après dîner, je vis le père de Christian aborder mon père dans le jardin et l'emmener du côté du parc. Alors, un malaise inexprimable me saisit : ce qui me torturait le plus, c'était la crainte

de laisser voir mon trouble aux autres,
à Christian surtout.

Enfin, n'y tenant plus, je prétextai une
grande fatigue et, quittant précipitamment le
le salon, je montai dans ma chambre.

Je dormis fort mal, naturellement, cette
nuit-là. Ces émotions, qui m'étaient si nouvelles, m'avaient agitée profondément. J'aurais donné beaucoup pour voir clair dans
moi-même et savoir ce que je désirais.

Le matin, il était encore de très bonne
heure et je venais à peine de me lever,
lorsque j'entendis frapper à ma porte.

C'était mon père. Il avait la figure bouleversée et les yeux rouges comme quelqu'un qui n'a pas dormi.

— Ma pauvre chérie, me dit-il en m'embrassant, j'ai de bien graves nouvelles, et
de bien tristes, à t'apprendre. Ton oncle
Antonin a fait de mauvaises affaires et nous
entraîne avec lui dans sa ruine. Je perds
sept cent mille francs, tout ce que j'avais.

— Ce n'est que cela ?.. m'écriai-je

comme malgré moi, et, sautant au cou de mon père, je lui dis en riant que cela m'était bien égal, que je ne tenais point du tout à la richesse, que, pourvu qu'il se portât bien et qu'il ne se fît point de chagrin, mon parti serait vite pris.

Mon père, un peu surpris de mon courage, s'en montra encore plus heureux ; car c'était pour moi surtout qu'il regrettait sa fortune.

Je le gardai toute la matinée, et, lorsque le second coup du déjeuner sonna, il descendit avec moi tout réconforté.

En entrant dans la salle à manger, je vis tout de suite que Christian et son père n'étaient point là. Le maître de la maison nous apprit qu'ils étaient partis brusquement par l'express de huit heures quarante-cinq, appelés en toute hâte par la maladie d'une tante.

Je ne dis rien tout d'abord ; puis un éclair me traversa l'esprit, et, me penchant vers mon père assis à ma droite, je lui demandai

1.

tout bas si M. de N... était informé de notre désastre.

— Oui, me répondit mon père, je le lui ai annoncé hier soir.

— Ah! c'est donc cela! ne pus-je m'empêcher de dire, à la grande surprise de mon père, qui me regarda sans comprendre.

Mais déjà je m'étais replongée dans mon assiette, avalant au hasard de grosses bouchées qui me restaient dans la gorge.

Cet interminable déjeuner terminé, je profitai de ce qu'on ne s'occupait pas de moi et courus m'enfermer dans ma chambre.

J'avais tout compris. Christian avait parlé à son père; mais celui-ci, au courant de notre nouvelle situation, avait refusé de l'écouter, et, pour couper court à toute aventure, il avait emmené immédiatement son fils. Et celui-ci s'était laissé emmener, il avait obéi lâchement, il était parti!

Et moi qui peut-être allais me mettre à l'aimer! Un écœurement me monta aux lèvres.

Voilà donc ce qu'était l'amour! Ces serments, ces mots ardents, ces regards pénétrés, ces larmes, tout cela n'était que mensonges!

Quelle leçon! quelle humiliation! Allons! je saurais à quoi m'en tenir une autre fois; mais, maintenant, plutôt que de m'y exposer, j'aimerais mieux me tuer.

Eh bien, puisqu'on n'épouse pas une fille qui n'a plus de dot, je ne me marierais pas; voilà tout.

Qu'est-ce qui m'empêchait, d'ailleurs, puisque mon père n'avait plus de fortune, de chercher à me faire une position moi-même, une position qui me donnât l'indépendance?

J'avais reçu une instruction excellente. J'étais très bonne musicienne. Je pouvais me faire institutrice, donner des leçons de piano. Que sais-je?

Mais non! Pas cela! Il me faudrait des années pour gagner ainsi quelque argent.

Ce que je voulais, c'était en gagner tout de suite, et beaucoup.

Alors, tout d'un coup, un mot me passa devant l'esprit : le Théâtre ! Oui, le Théâtre, il n'y avait que lui qui pût me donner, rapidement, en un an ou deux, ce que je rêvais.

Ma taille, ma voix, ce qu'on appelait ma beauté, — ma beauté ! — tout cela me servirait.

Dans des salons amis, j'avais eu de petits succès, en disant des vers de Coppée, *la Nuit de Mai*, de Musset, *la Première Solitude*, de Sully-Prudhomme ! Pourquoi ne réussirais-je point sur un vrai théâtre ?

Je pensais bien que mes parents ne me laisseraient point faire sans résistance. Il y avait aussi d'autres difficultés que je prévoyais vaguement, des dangers, des dégoûts surtout.

Mais, bah ! soutenue par une volonté bien arrêtée et par mon orgueil, je me sentais de force à tout affronter, à tout surmonter.

Je remuai tout cela dans ma pauvre cervelle de seize ans, pendant deux grandes heures, toute seule dans ma chambre ; puis, quand j'en sortis, un peu pâle, mais les yeux secs, ma résolution était prise irrévocablement.

Et voilà pourquoi, mon cher ami, je suis entrée au Théâtre.

II

Ce soir-là, — je m'en souviens parfaitement, — c'était la fête de ma tante, de *Tata*,
comme nous avions conservé l'habitude de
l'appeler, depuis le temps où elle nous faisait
sauter toutes petites sur ses genoux, mes
sœurs et moi.

À la suite de je ne sais quelle grave maladie, elle était devenue sourde à ne pas tressaillir au bruit d'un coup de canon qui lui
serait parti dans les oreilles ; il est vrai qu'elle
s'était si bien exercée à comprendre les gens
aux mouvements de leurs lèvres, qu'elle ne

perdait pas un mot de ce qu'on lui disait. Je vois encore aujourd'hui son bon et cher visage, sensiblement épaissi et déformé, mais sur lequel il n'était point difficile de retrouver les traces d'une beauté remarquable.

Dès ma naissance j'avais été sa préférée et elle avait conservé pour moi une tendresse quasi maternelle. A table, si mon couvert n'était pas à côté du sien, rien ne lui semblait bon, et elle faisait grise mine aux inventions les plus savoureuses d'Anna, la cuisinière.

Ce soir-là, me voyant un peu songeuse, et rendue elle-même plus expansive qu'à l'ordinaire par un verre ou deux d'un vieux rivesaltes que mon père avait fait monter pour la circonstance, elle m'attira dans ses bras à la fin du dîner, et, m'embrassant sur les cheveux, elle me dit :

— Sais-tu bien que te voilà grande fille, Marie, et que tu vas maintenant sur tes vingt ans? — Vingt ans! Tout de même, comme ça nous pousse! Dis, est-ce qu'un de

ces jours, tu ne vas pas nous faire aller à la
noce?

— Moi, me marier? jamais!

Cela m'était parti si brusquement, si violemment, que tout le monde me regarda
avec stupéfaction.

— Qu'est-ce que tu dis là? me demanda
ma tante, tout effarée de l'accent amer et
résolu avec lequel j'avais parlé.

— Est-ce qu'une fille sans dot se marie,
ma pauvre Tata? répondis-je. Qui veux-tu
qui m'épouse? Un ouvrier, un pauvre diable
d'employé à cent cinquante francs par mois?
Merci. Autant rester vieille fille que de
prendre un mari au-dessous de moi comme
éducation, comme famille, et de traîner la
misère toute ma vie!

— Et pourquoi ne se rencontrerait-il pas
un homme riche, bien posé, bien élevé, qui
te prendrait pour tes beaux yeux? Ils sont
assez beaux pour cela, je suppose.

— Oh! c'est dans les romans que cela se
passe ainsi. La vie, je commence à la con-

naître, vois-tu? Et ce n'est pas tout à fait comme cela qu'elle s'arrange. D'ailleurs, sois tranquille, ma bonne Tata, si je le trouve sur mon chemin, ton monsieur riche et bien élevé, et s'il veut de moi pour mes beaux yeux, je ne ferai pas la fière et je l'épouserai tout de suite; pourvu, bien entendu, qu'il ne soit pas un monstre de laideur. Mais je crois que nous avons le temps d'attendre!

— Tu ne veux pourtant pas finir tes jours dans un couvent?

— Le couvent! Non. J'ai autre chose, j'ai mieux que cela, en vue.

— Autre chose? dit mon père en dressant l'oreille. Et peut-on savoir ce que c'est?

— Ah! voilà! C'est une chose à laquelle je pense depuis bien longtemps; mais maintenant je suis tout à fait décidée. Je te raconterai cela un de ces jours.

— Et pourquoi ne le raconterais-tu pas tout de suite? Nous sommes en famille, et, du reste, il n'y a pas à faire de mystère, je suppose?

— Aucun, et, puisqu'il faudra bien que
tu le saches un jour, autant te l'apprendre
dès ce soir. Je te préviens que tu seras un
peu surpris, tout d'abord. Mais je suis sûre
aussi qu'en réfléchissant tu me donneras
raison. Tu comprendras que je n'ai qu'une
idée, qu'une préoccupation en prenant ce
parti : c'est de t'enlever un souci, une charge.
Tu en as bien assez, pauvre père, et voilà
assez longtemps que tu te tues à travailler
pour mes sœurs et pour moi. Il est bien juste,
n'est-ce pas, maintenant que je suis en âge
de me suffire...

— Tu veux me quitter, Marie? interrompit mon père en se levant tout pâle.

— Mais non, père! jamais je ne vous quit-
terai, ni mère ni toi!

— A la bonne heure! mais alors où veux-
tu en venir et que veux-tu faire? continua
mon père en se rasseyant.

— Gagner ma vie tout simplement.

— Gagner ta vie! c'est bientôt dit; mais
comment?

— Oui, je sais bien ce que tu vas me dire ! Que les travaux de femme ne rapportent presque rien ; que les ouvrages de couture, de broderie ou autres, sont payés des prix dérisoires ; qu'avec tout ce que j'ai appris, avec mon instruction, mon piano, je n'arriverais pas seulement à gagner le pain que je mangerais, alors même que tu consentirais à me laisser courir le cachet, en omnibus, en tramway, de sept heures du matin à huit heures du soir. Aussi n'est-ce pas à cela que j'ai pensé.

— Et à quoi as-tu pensé ?

— Au Théâtre.

— Au Théâtre ? tu veux entrer au Théâtre ? dit mon père en se levant de nouveau. Cela n'est pas sérieux, n'est-ce pas ?

— Très sérieux, au contraire. J'ai bien réfléchi, avant de me décider ; crois-le, père, et, en entrant au Théâtre, je sais parfaitement ce que je fais.

— Mais c'est absurde ! c'est de la folie ! Qui diable a pu te mettre ces idées-là dans

la tête? Au Théâtre! toi au Théâtre! J'aimerais mieux cent fois te voir morte, morte,
entends-tu? qu'au Théâtre! Mais je m'emporte, j'ai tort. Voyons! Marie, écoute-moi.
Tu dis que tu sais ce que tu fais en parlant
d'entrer au Théâtre. Tu n'en sais pas le premier mot... Oh! laisse-moi parler à mon tour.
Ce n'est pas d'hier que je suis à Paris et j'ai
assez longtemps pratiqué les théâtres pour
savoir ce qui s'y passe. La première chose
qu'il faut faire, quand on prend ce métier-là,
c'est d'abdiquer tout sentiment honnête, tout
respect de soi-même, toute pudeur. Voilà la
vérité. Ceux qui t'ont dit le contraire ne
savaient pas ce qu'ils disaient; ou plutôt
c'est qu'ils avaient leurs raisons pour te
pousser dans cette voie.

Mon père me parla longtemps ainsi, pour
me démontrer qu'il était insensé de s'imaginer qu'on pût rester honnête au Théâtre.
J'eus beau lui donner des exemples bien
connus, lui citer des noms, il ne voulut
jamais en démordre.

— Mais tu n'as donc pas songé, malheureuse enfant, continua-t-il, à ta mère et à moi?
au supplice de tous les instants auquel tu
nous condamnerais, en nous mettant dans la
nécessité de trembler continuellement pour
toi? Crois-tu que nous aurions une minute
de tranquillité en te sachant livrée sans
défense à toutes les convoitises, à toutes les
tentations, vivant dans ces milieux louches
où le sens moral n'existe pas, et respirant
cette atmosphère factice et viciée, qui peu
à peu alourdit les têtes les plus solides, vous
affole, vous fait perdre la juste notion de ce
qui est bien et de ce qui est mal, et finale-
ment, dans une heure d'égarement, vous
laisse perdue à jamais? Écoute, je te connais
bien, je sais que tu es une nature droite et
honnête. Eh bien, malgré cela, du jour où
tu aurais mis le pied sur les planches ou
dans les coulisses d'un théâtre, je ne vivrais
plus!

— Allons donc! m'écriai-je avec violence.
Tu n'as pas le droit de me parler ainsi. Une

fille comme moi reste honnête, quoi qu'elle
veuille faire, où qu'elle veuille aller, au
Théâtre comme ailleurs. Et je ne permets à
personne, pas même à toi, de dire le contraire.
Au Théâtre, du reste, celles qui ne sont pas
honnêtes savent parfaitement ce qu'elles font,
et peut-être ne s'y sont-elles pas mises pour
autre chose. Mais il y en a d'autres ; il y en
a qui n'y sont entrées que pour gagner honorablement leur vie, et celles-là savent se
faire respecter.

— Se faire respecter ! Tu te feras respecter
de tes camarades, habitués de naissance à se
moquer de tout ce qui est respectable ? et
de directeurs, qui ne t'offriront d'engagement qu'à des conditions trop faciles à
deviner ? et de tes auteurs, qui ne t'écriront
des rôles que si tu les payes d'un sourire et
du reste ? et du dernier petit courriériste, du
plus infime *reporter*, qui viendront te mettre
le marché à la main et refuseront de te
reconnaître la moindre valeur, si tu as le
mauvais goût de ne pas les écouter ?

— Parfaitement! Tout cela ne m'effraye point. Si j'ai du talent, je suis sûre que j'arriverai quand même et malgré tout, sans rien oublier de ce que je me dois à moi-même. J'arriverai moins vite, mais j'arriverai. Si je n'ai pas de talent, c'est autre chose.

— Alors, c'est une idée bien arrêtée chez toi? Tu es bien décidée?

— Oui, mon père.

— Eh bien, sache-le, jamais, tu m'entends? jamais tu n'auras mon consentement.

— Mon père, je ne suis pas une petite fille.

— Une petite fille ou non, tu es ma fille. Quand tu serais majeure, quand tu aurais le droit de me désobéir, je te défie bien de faire ce que je ne voudrais pas te laisser faire.

— Eh bien, dis-je en me levant et en regardant mon père bien en face, écoute-moi à mon tour. Tu es mon père, je t'aime et je te respecte comme tel ; mais ni toi ni personne ne m'empêcherez d'exécuter ce que j'ai résolu.

A ce moment, en voyant la discussion tourner décidément au tragique, ma mère et ma tante se jetèrent entre mon père et moi, et mes sœurs se mirent à pleurer.

Mon père était le meilleur des hommes et le plus tendre des pères; mais il n'admettait pas qu'on lui résistât. Il avait la tête chaude des gens du Midi, et, quand la colère le tenait, il ne connaissait plus rien.

De mon côté, j'avais exactement la même nature. En me prenant par la raison, par le cœur, on faisait de moi ce qu'on voulait. Mais, quand on me tenait tête, on me mettait hors de moi: je n'écoutais plus rien, je voyais rouge.

— Je te donne jusqu'à demain matin pour revenir sur ta résolution ! me cria mon père.

— C'est peine inutile, lui répondis-je sur le même ton. Demain comme aujourd'hui, je te dirai ce que je t'ai dit. Ma résolution est prise.

— Malheureuse ! dit mon père ne se possédant plus; et, écartant violemment ma

mère et ma tante, qui s'accrochaient désespérément à lui, il me prit le bras et dit :

— Tu vas rentrer dans ta chambre, et tu
n'en sortiras que lorsque tu m'auras déclaré
que tu renonces à ta folie.

Cette fois, je ne répondis rien et me laissai
conduire à ma chambre.

Exaspéré, mon père ouvrit brusquement
la porte et me poussa si violemment, que
j'allai me heurter la tête contre la boiserie
de mon lit et tombai tout étourdie sur le
parquet.

Mon père, aveuglé par la colère, n'avait
rien vu. Il mit la clef de ma chambre dans
sa poche et sortit aussitôt pour se dérober
aux supplications de ma mère et de ma
tante.

Il rentra vers les minuit, passa chez lui,
sans vouloir écouter personne, et se coucha.

Ma mère et ma pauvre Tata passèrent la
nuit dans le couloir, me parlant à travers la
porte fermée, pleurant, et cherchant à m'at-

tendrir, à me persuader de ne pas résister plus longtemps à mon père.

Mais j'étais butée. Loin de me briser, la brutalité de mon père n'avait fait que m'ancrer plus profondément dans ma résolution. On m'aurait tuée plutôt que de m'en faire changer. Mon cœur et mon esprit étaient absolument fermés à toute autre idée que celle de ne point céder.

Je laissai donc ma mère et ma tante pleurer jusqu'au matin et m'appeler, me supplier, sans leur répondre; et, lorsque, à huit heures, mon père entra dans ma chambre, il me trouva exactement dans la même position où il m'avait laissée la veille, c'est-à-dire accroupie par terre, la tête contre le pied de mon lit. Je n'avais pas fait un mouvement pour essuyer le sang qui avait coulé de ma blessure, et qui s'était coagulé sur mon front et sur mes cheveux sans que je m'en rendisse compte moi-même. Cela, et aussi la fatigue d'une nuit tout entière passée sans fermer l'œil, me faisaient sans doute une physionomie effrayante ; car, en m'apercevant, mon père s'arrêta brusquement, comme foudroyé.

Évidemment il arrivait, espérant que la nuit et les réflexions que j'avais pu faire avaient eu raison de ma résistance, et plus décidé que jamais, quant à lui, à ne pas se laisser attendrir.

Mais, quand il me vit ployée sur moi-même contre mon lit et le visage ensanglanté, il oublia tout en une minute pour ne plus se souvenir que d'une chose, qu'il était père ; vaincu, il se jeta à genoux à côté de moi, et, me prenant dans ses bras, il m'embrassa en pleurant, sur les yeux, sur les cheveux, sur les mains, et me dit :

— Je ferai tout ce que tu voudras, ma chérie; mais dis-moi que tu ne m'en veux pas, que tu me pardonnes, que tu m'aimes.

En voyant pleurer cet homme si violent, une brusque détente se fit dans mon être. Moi que tous ses emportements n'avaient pu entamer et qui n'avais pas eu une larme depuis la veille, je sentis fondre en un instant l'orgueil et l'énergie qui m'avaient soutenue ; et, laissant aller ma tête sur l'épaule de mon père, je lui rendis caresses pour caresses et baisers pour baisers, en lui disant tout bas :

— Mon père, mon bon père, oui, je t'aime ! je t'aime !

Nous restâmes ainsi je ne sais combien de temps à pleurer dans les bras l'un de l'autre, sans songer seulement à nous relever du parquet où nous étions accroupis ; et toute l'amertume dont mon pauvre cœur était gonflé s'en alla doucement avec mes larmes.

Dans l'après-midi de ce même jour, mon père me conduisit chez M. Regnier, où je pris ma première leçon.

III

Bien que je ne sois au Théâtre que depuis deux ans, j'ai déjà eu l'occasion de m'essayer dans un certain nombre de rôles ; mais aucun ne m'a remuée, aucun ne m'a bouleversée, aucun ne m'a laissé un souvenir poignant, inoubliable, comme le premier qu'il m'a été donné de jouer.

Et, chose particulière, celui-là était un rôle avant la lettre, pour ainsi dire ; car ce n'était point sur les planches de l'Odéon, ni du Gymnase, c'était sur le parquet d'un joli salon bleu et or, que je l'avais créé d'inspira-

2.

tion, sans l'avoir étudié ni répété, je pourrais dire sans m'en douter moi-même.

A ce moment, je n'avais pas encore débuté ; je n'étais même engagée nulle part ; mais on savait que je me destinais au Théâtre, que je travaillais depuis plus de deux ans avec Regnier et madame Favart : aussi, me demandait-on souvent, dans le monde, de dire des poésies, ou de jouer quelque saynète avec un autre artiste.

Un soir, j'avais été invitée chez les S..., des gens fort riches, avec qui mon père s'était trouvé en relations d'affaires.

Madame S... était jeune encore et très belle, bien qu'un peu forte déjà. Elle me reçut d'une façon charmante, me fit asseoir à côté d'elle et me présenta toutes les personnes qui venaient la saluer.

Je ne sais pas si j'étais mieux coiffée qu'à l'ordinaire, ou si ma robe m'habillait d'une façon plus heureuse : ce qui est certain, c'est que je n'étais vraiment pas mal ce soir-là. Aussi eus-je beaucoup de succès.

Parmi les plus empressés, je remarquai surtout un jeune homme fort élégant, qui se mit au piano à diverses reprises et joua, avec un talent tout à fait hors ligne, quelques jolies mélodies de sa composition.

Il était très bien de sa personne, avec une pointe d'originalité artistique qui ajoutait encore au charme de sa figure, mâle et fine à la fois, et fort gracieusement encadrée de cheveux noirs frisés et d'une barbe courte taillée à la Van Dyck.

Ce jeune homme (j'allais vous le nommer, appelons-le Wilhelm, si vous voulez) s'occupa beaucoup de moi, me fit de grands compliments sur la façon dont j'avais dit *la Vérandah*, une des pages les plus exquises des *Poèmes barbares* de Leconte de Lisle ; puis il m'offrit le bras pour me conduire au buffet, et, me ramenant ensuite à ma place, il s'assit à côté de moi et nous causâmes.

Comme son nom commençait à être très connu et qu'on le regardait beaucoup, je ne laissai pas, dans ma petite vanité de débu-

tante, d'être flattée de ses attentions. Que
voulez-vous ! j'avais dix-neuf ans et n'étais
point encore blasée sur ces petits triomphes.

Pendant que nous causions, je vis soudain
arriver d'un salon voisin madame S... au
bras de son mari. En nous apercevant assis
tous deux sur le même canapé, Wilhelm et
moi, elle fit un mouvement involontaire avec
son éventail et, quittant son mari, se dirigea
de notre côté.

— Je crois que madame S... vous cherche !
dis-je tout naïvement à Wilhelm, qui se leva
aussitôt avec tant de précipitation, qu'il oublia
de s'excuser.

Sur le moment, je n'y pris pas garde ; ce
ne fut qu'un peu plus tard que tout cela me
revint à l'esprit.

Cependant, madame S..., ayant pris le bras
de Wilhelm et étant passée avec lui dans un
autre salon, M. S... vint s'asseoir à côté de
moi, à la place laissée libre par l'artiste.

Nous causâmes naturellement de la soirée
et des personnes présentes, et, comme je

m'extasiais, en toute sincérité, sur la beauté de madame S...

— N'est-ce pas qu'elle est encore très belle? me dit M. S... avec une joie touchante. Et si vous saviez quelle excellente femme! A la voir passer ainsi, élégante et parée, à l'aise au milieu de tout ce monde comme dans son élément naturel, on pourrait croire qu'elle n'est point une femme d'intérieur. Eh bien, on se tromperai joliment : avec moi et avec ses enfants, elle est aussi simple, aussi bourgeoise que n'importe qui. Aussi, vous allez trouver cela ridicule, nous nous adorons comme au premier jour, après douze ans de mariage.

Je protestai vivement, déclarant que ce n'était pas ridicule du tout, que c'était charmant; que, si jamais je me mariais, j'espérais bien qu'il en serait ainsi dans mon ménage.

M. S... se mit à rire.

— Oh! vous, mademoiselle, jolie comme vous êtes, vous n'avez qu'une chose à

craindre, c'est d'être aimée plus que vous ne
le voudrez. Mais, croyez-moi, le premier
brave garçon qui vous aimera bien, tâchez
de l'aimer aussi et mariez-vous le plus tôt
possible. C'est ce que vous avez de mieux à
faire. C'est ce que nous avons fait, ma femme
et moi. Et, vous le voyez, nous ne nous en
sommes pas mal trouvés.

— Voilà un digne et excellent homme !
pensai-je en moi-même, et qui méritait bien
d'être heureux comme il l'était, en effet.

— Mais je suis fou, avec ma morale ! reprit M. S... Je vous fais perdre votre temps,
pendant que l'on danse, et je suis sûr que la
valse vous fatiguera moins vite que la conversation d'un vieux bavard comme moi.

Là-dessus, il m'offrit le bras et me conduisit dans le salon voisin, où je dansai, en
effet, deux heures et plus, sans songer à me
reposer.

Entre autres danses, je valsai deux fois
avec Wilhelm ; et il venait me demander une
troisième valse, lorsque madame S..., qui

passait à ce moment derrière nous, s'arrêta brusquement et lui dit :

— Mais ce n'est pas une valse, c'est un quadrille américain qu'on va danser, mon cher Wilhelm.

— Va pour le quadrille américain, si mademoiselle n'y voit point d'inconvénient ! répondit l'artiste.

— En ce cas, continua madame S..., voulez-vous de moi pour vis-à-vis ?

Elle dit cela en souriant, mais, je ne sais pourquoi, ce sourire me parut sonner faux. Et de même, à plusieurs reprises, au cours du quadrille, il me sembla voir des éclairs passer dans les yeux de madame S..., lorsqu'ils se rencontraient avec ceux de Wilhelm. De son côté, celui-ci brouillait les figures comme un homme assez mal à son aise.

Aussitôt après, d'ailleurs, les salons commencèrent à se vider et je cherchais des yeux mon père pour lui faire signe que l'heure était venue de nous retirer, lorsque madame S... accourut et me pria très gracieusement de rester.

— Ne partez pas, nous organisons un petit souper; oh! tout à fait sans cérémonie! Nous serons entre intimes, une dizaine de personnes seulement. Le rendez-vous est dans le petit salon turc. Votre père vous y attend déjà. Quant à moi, je vous rejoins dans un instant.

Je trouvai en effet sept ou huit personnes réunies dans le petit salon turc et causant gaiement entre elles avec la familiarité des fins de soirée.

Le piano était resté ouvert dans le salon voisin et Wilhelm effleurait les touches d'une main distraite.

Quant à madame S..., elle allait et venait d'un salon à l'autre, pendant que M. S... s'empressait auprès de moi et de deux autres dames qu'il avait retenues également.

Je m'aperçus tout d'un coup que mon bouquet était resté à côté du piano et je me levai pour aller le chercher.

Mais, au moment où j'écartais la portière qui séparait les deux salons, je vis une chose tellement inattendue, tellement inouïe, que tout mon sang se glaça subitement dans mes veines.

Debout derrière Wilhelm, assis sur le tabouret du piano, madame S... se penchait sur lui et, les deux bras autour de son cou, l'embrassait à pleines lèvres, au risque d'être surprise par un domestique, par un de ses invités, par son mari lui-même.

Mon saisissement fut tel à cette vue, que, si je ne m'étais point retenue à la portière, je crois que je serais tombée.

Tout d'un coup je les vis qui s'écartaient brusquement l'un de l'autre, comme si la glace placée au-dessus du piano avait trahi ma présence.

Je compris instinctivement qu'il ne fallait pas qu'ils se doutassent que j'avais pu les voir et, faisant un violent effort sur moi-même, j'entrai dans le salon et fis mine de chercher mon bouquet.

Arrivée près de madame S... et de Wilhelm, j'eus la force de sourire à madame S...,

3

sans arrêter les yeux sur elle, et de dire !

— Ah ! le voici, mon bouquet ! Je savais bien que c'était ici que je l'avais laissé.

Madame S... me répondit quelques mots en balbutiant et je rentrai aussitôt dans le salon turc.

J'étais si pâle, en me rasseyant à côté de mon père, que celui-ci s'effraya.

— Ce n'est rien, lui dis-je, un peu de fatigue. Mais je t'en prie, que personne ne s'en aperçoive. Dans un instant, du reste, il n'y paraîtra plus !

Bientôt après, tout le monde passa dans la salle à manger. Jamais souper ne me parut aussi long ; car il me fallut nécessairement manger, écouter mes voisins, sourire !

Heureusement j'étais assise assez loin et du même côté que madame S... et Wilhelm.

Le souper terminé, je pris congé de madame S.., en lui tendant mon front, et je serrai la main de Wilhelm ! Dieu sait ce qu'il m'en coûta ; mais je tins bon jusqu'au bout, et ce ne fut qu'une fois dans la voiture qui nous rame-

nait à la maison que je pus enfin jeter bas ce
masque qui m'étouffait. Grâce à l'obscurité,
mon père ne s'aperçut point trop de l'espèce
de crise nerveuse qui me secouait tout
entière.

Sans être avancée dans la vie, j'avais
dix-neuf ans et je savais bien des choses
pour les avoir devinées ou pressenties ; mais
je n'avais aucune idée de ces abominables
dessous de la société parisienne.

L'amour si touchant de M. S... pour sa
femme, sa confiance si indignement trahie ;
l'assurance incroyable de madame S...; la
légèreté de ce Wilhelm, qui, tout en jouant ce
rôle odieux auprès de la maîtresse de la maison, ne s'en occupait pas moins pour cela des
autres femmes, sous les yeux mêmes de
celle-ci ; tout cela m'avait mis au cœur un
dégoût subit et insurmontable. Il me semblait que quelque chose s'était brisé en
moi. Fallait-il donc, à dix-neuf ans, ne plus
croire à rien ? Tout n'était-il que mensonge
dans la vie ?

Puis, en songeant que j'avais pu avoir
assez d'empire sur moi pour cacher l'écœurement qui avait soulevé brusquement tout mon
être, et non seulement pour faire bonne mine
à madame S... et à Wilhelm, mais encore pour
ne point me trahir devant mon père lui-même,
j'eus un éclat de rire nerveux et je dis tout
haut :

— Maintenant je crois que je pourrai jouer
la comédie !

DANS UNE LOGE D'ARTISTE

I

— Entrez! — Tiens! c'est vous? c'est gentil! Mettez-vous là. Laissez-moi finir ma figure, voulez-vous? Cinq minutes, je ne vous demande que cinq minutes! Justement, je ne suis que du *deux*, et nous pourrons tailler une bonne bavette. Et comment ça va, depuis le temps? J'ai cru que vous me boudiez. C'est vrai, avec vous, on ne sait jamais sur quel pied danser. Tantôt on ne voit que vous pendant huit ou dix jours;

tantôt on reste un mois sans vous voir.
Quel mauvais caractère vous avez! On ne
vous l'a jamais dit? Enfin, puisque vous
voilà, je vous pardonne. Et, tenez, vous allez
m'aider. Je suis en retard, ce soir. Je ne
fais que d'arriver. Voulez-vous prendre ce
bouquet, là, derrière vous?—Oui, pas mal!
De chez Labrousse, n'est-ce pas? Mais ce
n'est pas pour vous le faire admirer que je
vous en parle. Voyez donc s'il n'y a pas
une lettre piquée après le papier. Cherchez
bien! Vous l'avez? C'est cela. Passez-la-moi.
Ah! oui, je sais qui.

Écoutez-moi ça :

« Mademoiselle,

» Puisque vous ne jouez qu'à neuf heures
et demie, voulez-vous accepter mon modeste
dîner demain soir chez Bignon, avenue de
l'Opéra? Au dessert, si vous le voulez bien,
nous causerons de votre avenir. Et surtout,
ne voyez rien que de respectueux dans tout
ceci.

» *P.-S.* Prière d'adresser la réponse au Jockey. »

Tout à fait délicat, n'est-ce pas? Vous avez un crayon? Vous seriez bien gentil de répondre pour moi. Tenez, comme ça, en travers de la lettre. Vous y êtes?

« Monsieur,

» Je suis vraiment désolée de ne pouvoir accepter votre aimable invitation. Justement, je dîne avec mon père demain, comme tous les soirs, du reste. Au surplus, je ne vous cacherai pas plus longtemps que c'est avec lui que j'ai l'habitude de causer de mon avenir. »

Et vous signez de mon nom. Parfaitement! Si l'infortuné collectionne les autographes!

Il n'y en a plus, pendant que nous y sommes? Ah! si, tenez, là-bas, cette boîte de chez Boissier! ouvrez-la. Pas de lettre? pas de carte? — C'est bien étonnant. A

moins que... oui, ça doit être cela. Est-ce
que je n'ai pas jeté en entrant sur le guéri-
don, à côté de mes gants, une petite lettre
avec une enveloppe chamois? Vous l'avez?
Voyons :

« Mademoiselle,

» Vous savez que, le jour où il vous plaira,
vous avez votre hôtel qui vous attend, tout
prêt, tout meublé, depuis le grenier jusqu'aux
écuries? Et vous savez aussi ce qu'on vous
demande en échange? Une heure de conversation par jour. Pas une minute de plus!
Le plaisir de vous voir et de vous entendre,
voilà tout! Et la permission d'habiter un
tout petit pavillon au fond du jardin! »

Répondez, voulez-vous?

« Monsieur,

» En fait d'hôtels, je préfère ceux qui n'ont
point de pavillon, si petit qu'il soit, au fond
du jardin. Quant à l'heure de conversation

par jour, c'est encore beaucoup pour moi.
Je suis si occupée! »

Et vous signez. Merci! Et voilà, mon
cher, ma petite besogne de tous les soirs.
Vous voyez, d'ailleurs, que ça ne m'embar-
rasse guère. Que voulez-vous! l'habitude.
Et encore, ce n'est rien aujourd'hui. Il y a
des soirs où les bottes de fleurs arrivent à
la file, et les boîtes, et les potiches, etc.,
chacune avec son poulet, bien entendu.

Et puis, après les lettres, les visites! Oh!
les jolis jeunes gens! Tous les mêmes, mon
cher, le même sourire aimable, les mêmes
yeux en coulisses, les mêmes serrements de
main expressifs, et, quand il n'y en a qu'un
à la fois, là, sur la chaise où vous êtes, les
mêmes protestations, les mêmes déclarations!
Oh! je la connaîtrai cette chanson, depuis le
premier couplet jusqu'au dernier, avec l'éternel refrain : « Jamais je n'ai aimé comme je
vous aime, » ou celui-ci : « Je vous aime
comme jamais personne ne vous aimera. »

3.

Il y en a par centaines qui me menacent de se tuer si je ne réponds pas immédiatement à leur flamme. D'autres m'offrent de partager leur avenir : ils ne sont rien encore, mais, soutenus par leur amour, où n'arriveront-ils pas? etc., etc.

Et puis, il y a les gens sérieux, les gens mariés. « Oui, c'est vrai, je ne suis pas libre. Mais, si vous saviez!... J'ai souffert toute ma vie, et mon intérieur est un enfer! Ah! être attaché pour toujours à quelqu'un qui ne vous comprend pas, quel supplice ! Du reste, *on* est d'une mauvaise santé, *on* n'en a pas pour longtemps, maintenant! Ah! le jour où je serai libre... » Ou bien encore : « Dans un an, vous savez, nous aurons le divorce, et alors il ne tiendra qu'à vous... »

Il y en a même qui me confient, avec des larmes plein les yeux, que leur femme les trompe indignement, qu'ils sont les plus malheureux des hommes, et que ce serait une véritable charité que de les consoler dans leur misère.

Et cet autre, un homme grave, qui ne pense qu'à moi, à mon intérêt, à mon avenir; un véritable père, quoi!

« Voyons, ma chère enfant, causons un peu sérieusement, voulez-vous? Votre idée fixe est bien de faire votre carrière au Théâtre? de vous créer une situation, un nom? de devenir une véritable artiste, de jouer les grands rôles, avec la Comédie-Française comme but et comme horizon? C'est une ambition très légitime, que je comprends parfaitement. Seulement, vous n'arriverez à rien, croyez-moi, si vous restez... ce que vous êtes. Vous ne voulez pas vous marier, et je vous approuve : au Théâtre, un mari, quand il n'est pas vil ou ridicule, est un obstacle, un embarras, une gêne de tous les instants. Mais alors... voyons, vous n'êtes pas une enfant. Vous savez très bien que tôt ou tard, demain ou dans un mois, dans un an, dans six ans, vous aurez votre heure de folie. Vous êtes sûre de vous, soit; mais enfin, vous n'êtes pas de bois, que diable! Eh bien, tout est là : si c'est un joli jeune homme, un camarade, le premier venu, qui se trouve sur votre route, au moment en question, vous pouvez du coup gâcher toute votre vie. Puisque la chose est fatale, tâchez du moins de la faire tourner au profit de votre avenir. Ouvrez les yeux, regardez autour de vous les meilleures, les plus qualifiées de nos artistes ; — et je ne vous parle pas des grues, qui ne voient dans le théâtre qu'un piédestal pour leur beauté, — je vous parle des vraies artistes, des artistes de talent, et dont la conduite même est parfaitement réservée. Voulez-vous des noms? Aux Français, est-ce que…? »

Oui, mon cher, voilà ce qu'il faut que j'entende, et bien d'autres choses, allez!

Et je ne vous parle pas du Directeur, qui vous prend le menton en passant et vous dit, tout paternellement : « Ce petit cœur n'a donc pas encore parlé? » ni de l'auteur, qui se croit des droits, et qui arrive irrésistible, son bouquet à la main. Il aurait voulu m'écrire

un meilleur rôle, plus digne de mon talent ;
il sait que je vaux mieux que cela ; mais il
a cinq actes au Vaudeville, avec un rôle
étourdissant de jeune première. C'est moi
qui le jouerai, il me veut, il ne veut que moi.
On payera mon dédit, s'il le faut !

Et les critiques influents, que j'oubliais,
depuis le gros Ceysar jusqu'au redoutable
Pavillon ! Et les petits courriéristes, soiristes,
échotistes, etc., qui vantent mes charmes
et me prédisent le plus brillant avenir dans
trois lignes idiotes !

Ah ! mon ami, si j'écoutais le centième
seulement des braves gens qui veulent
absolument que je les adore, quelle aimable
existence je mènerais !

Il y a encore les camarades, qui ne me
pardonnent pas de n'avoir point une grande
passion pour eux. Pensez donc, des
gens qui ont tant de talent ! et que les
avant-scènes accablent, c'est le mot, de tendres billets, de fleurs, de cadeaux ! C'est
moi qui suis dans mon tort, évidemment !

On ne fait pas sa tête ainsi. A moins que ce
ne soit chez moi habileté, calcul, et qu'a-
vec mes grands airs de vertu indomptable,
je ne guette simplement l'occasion et n'at-
tende mon heure.

Eh bien, vous savez ? mon cher ami, je
plaisante, je ris de tout cela ; mais cette comédie perpétuelle dans la coulisse, où tout
est faux, continuellement et éternellement
faux, où cabotins et hommes du monde, tout
le monde ment sans cesse et toujours, me
lève le cœur.

Ce qui m'attriste encore le plus dans tout
cela, c'est la peur qu'à force de la voir jouer
autour de moi, cette stupide et monotone
comédie, le jour où une véritable, une honnête affection se rencontrera sur mon chemin, je ne passe à côté sans y croire.

Un vilain mot et une vilaine chose, que le maquillage! Et cependant une jeune et gracieuse frimousse qui s'arrange, qui se met au point, qui se maquille enfin, en se souriant à elle-même dans la glace, c'est un régal délicat qui a bien son prix pour un gourmet!

Seulement, il faut que la frimousse soit jeune et gracieuse. Il faut aussi arriver un soir où *On* soit d'humeur avenante et accueillante : sans quoi, vous risquerez fort d'être consigné dans le couloir avec ces mots rébarbatifs jetés à travers la porte, d'une petite voix impatiente : « N'entrez pas! ma figure n'est pas faite! »

C'est bien ce qui faillit m'arriver l'autre soir. Heureusement j'avais déjà réussi à me glisser à moitié dans la loge, et je m'étais fait si câlin, si humble, si plat même, qu'*On* avait eu pitié de moi et qu'*On* m'avait laissé m'asseoir dans un coin, où je m'efforçai de tenir le moins de place possible.

— Puisque vous êtes là, restez-y. Mais que je n'entende plus parler de vous; vous serez sage? vous le jurez?

Je jurai tout ce qu'*On* voulut, naturelle-ment, et je m'appliquai à tenir mon serment si religieusement, que je crois bien qu'au bout de très peu de temps, *On* avait fini par oublier que j'étais là, les oreilles et les yeux grands ouverts dans mon coin, et ne per-dant pas un mot du dialogue, si amusant parfois de fantaisie et de laisser aller, avec Alfred le coiffeur ou Thérèse l'habilleuse, ni un seul de ces mouvements d'impatience,

de ces jolis gestes de colère, qui faisaient
tout sauter sur la mousseline damassée de
la table-toilette.

Les manches relevées très haut, Mary lava
tout d'abord ses beaux bras dans de l'huile
fine, puis, avec un linge, elle les enduisit
d'une couche légère de blanc.

Après quoi, elle fit subir la même opération à sa figure, et rien n'était plus délicieux
que ce charmant museau de pierrot, au milieu duquel étincelait l'éclair du regard.

Puis, approchant de la flamme du gaz
un menu pinceau trempé dans un pot de noir,
elle le passa délicatement, à plusieurs reprises, entre les deux rideaux des cils abais-
sés.

Et, tout en *faisant* sa figure, sans s'adresser
à personne, elle causait de choses et d'autres,
s'impatientant, entrant en fureur pour un
rien; puis, à tout coup, sans motif, partant
d'un joyeux éclat de rire.

— Tenez ! voilà comment Montalant se
fait les yeux! d'un seul coup de pinceau!

Vlan ! Et, vous savez? elle ne les a pas plus grands que moi ! Seulement, à la scène, ils paraissent énormes ! Le maquillage, mon cher ! Personne ne se maquille comme Montalant. »

Les yeux *faits*, ce fut le tour de la bouche; les deux lèvres se rapprochant et s'avançant vers la glace comme pour donner ou recevoir un baiser, le bâton de rouge y vint mettre sa note, luisante comme une goutte de sang jeune et frais.

Et c'était une charmante chose, je vous jure, de voir naître peu à peu, sous la main savante de la jolie artiste, un visage tout nouveau, qui tenait à la fois du rêve et de la réalité.

Brusquement, Mary rejeta la serviette fine qui lui couvrait les épaules: et, se levant, se rapprochant de la glace, puis se reculant, se regardant de trois quarts, de côté, de face, fronçant les sourcils, se souriant, se caressant de l'œil, elle donna la dernière touche à l'ensemble, redressant l'arc du sourcil du bout du pinceau, enlevant ici un peu de blanc, ajoutant là un peu de rouge, piquant une mouche sur la tempe gauche, puis la retirant avec impatience, prenant et jetant tour à tour sur la toilette, sans regarder, la patte de lièvre, le bâton de rouge ou la serviette.

Et tout cela avec des mouvements gracieux, capricieux, de jeune chat en colère, ou le geste grave d'un peintre qui tremble de gâter son œuvre par un dernier coup de pouce.

Puis, quand ce fut fini, elle s'assit, bouffant ses jupes, juste en face de la glace, de façon à ne pas se perdre un instant de vue; et, m'avisant tout d'un coup dans mon coin, où je disparaissais presque derrière un monceau de mousseline :

« Tiens ! vous étiez là ? C'est vrai ! Eh bien, suis-je à votre goût ainsi ?

— Vous êtes adorable, tout simplement ! répondis-je avec une conviction absolument sincère.

— Adorable! Vous me trouvez adorable ?
Bien vrai ?

Puis, brusquement :

— Au fait, pourquoi ne m'avez-vous
jamais fait la cour, vous ?

Interloqué par la bizarrerie et l'inattendu
de cette question, je regardai Mary pour
voir si elle plaisantait.

— Tout le monde me fait la cour, conti-
nua-t-elle ; je ne peux pas dire un mot à
quelqu'un, ni lui sourire, sans qu'immédiatement ce quelqu'un se croie obligé de
m'adresser une déclaration incandescente.
Il y a des jours, même, où cela n'a rien de
récréatif. Vous, c'est tout le contraire : nous
nous connaissons depuis des éternités, nous
sommes de vieux amis...

— Eh bien, justement.

— Justement ? c'est parce que nous sommes de vieux amis que vous ne me faites pas
la cour ? c'est parce que vous me connaissez depuis longtemps que vous ne m'aimez pas ? Eh bien, je n'en crois pas un

mot. Avouez donc plutôt que c'est parce que vous ne me trouvez pas jolie.

— Pas jolie! m'écriai-je avec indignation. Moi! je ne vous trouve pas jolie?

— Insignifiante! de celles dont on ne dit rien!

— Mais voulez-vous bien vous taire! Je vous trouve, au contraire, je vous ai même toujours trouvée, une des plus ravissantes et plus séduisantes femmes qui se puissent voir; et, si je ne vous l'ai jamais dit, c'est que je vous supposais blasée sur ce genre de compliments. Vous avez assez d'adorateurs, il me semble, qui...

— Et précisément, c'est peut-être parce que vous êtes le seul qui ne me l'ayez point dit que je voudrais vous le faire dire. Nous sommes ainsi, nous autres femmes, et vous le savez bien. Et puis, si je ne me défends pas d'être coquette, vous m'accorderez bien cependant que je ne suis pas assez sotte, ou assez aveugle, pour ne pas savoir distinguer entre les hommages; et que, s'il en est bon

nombre qui me laissent absolument indifférente ou qui même me fatiguent, il peut
s'en trouver d'autres qui me toucheraient
davantage.

— Enfin, vous voulez...

— Oui, je veux que vous me fassiez la
cour, puisqu'il faut vous le dire en face, à ce
qu'il paraît. C'est vrai, cela me fait quelque
chose, cela m'humilie dans mon amour-propre
de jolie femme, que vous n'ayez pas l'air de
vous apercevoir que je vaux tout autant la
peine d'être regardée que vos belles amies?

— Quelles belles amies?...

— Oui, oui ! mademoiselle Bertin, par
exemple.

— Mademoiselle Bertin? Pourquoi mademoiselle Bertin?

— Vous allez peut-être me dire que vous
ne l'aimez pas, maintenant? Vous vous oc-
cupez assez d'elle pourtant! vous la poussez
assez dans la presse, dans les salons, partout!
Il paraît même qu'on ne voit que vous chez
elle !

— Mais qui diable a pu vous raconter ces balivernes? Vous savez qu'il n'y a pas un mot de vrai dans tout cela?

— Alors, pourquoi ne m'aimez-vous pas?

— Pourquoi je ne vous aime pas? Mais, d'abord, laissez-moi vous dire, ma chère amie, que quand on approche d'une femme aussi attrayante que vous, quand elle vous accueille affectueusement, presque familièrement, quand enfin elle vous laisse pénétrer dans son intimité, il faudrait avoir un cœur autrement fait que celui du commun des martyrs pour que l'affection désintéressée qu'on portait à cette femme ne se colore peu à peu, sans qu'on s'en aperçoive soi-même, d'un sentiment plus vif, plus tendre. Quant à moi, je n'ai jamais osé m'interroger à fond sur ce sujet; je préférais m'endormir dans une vague sécurité, et me figurer, par prudence, que je ne voyais, que je ne verrais jamais, en vous qu'une amie.

— Par prudence! Je comprends. Vous avez peur de vous laisser aller à aimer une

femme de Théâtre. Oh! on sait ce qu'elles
valent, ces femmes-là, et qu'elles sont absolument incapables d'éprouver un sentiment
sincère! Quand elles aiment, c'est par intérêt, par calcul! ou bien, quand elles ne se
vendent pas, elles se donnent au premier
venu, dans un moment de folie.

— En voilà une idée, par exemple! J'espère que....

— Oh! je vous connais, vous nous mettez
toutes dans le même sac. Voyons, soyez sincère, avouez que, si vous avez un peu d'ami-
tié pour moi, je ne vous inspire, en revanche,
aucune espèce de confiance ni d'estime.

— Mais c'est faux! archifaux! Où prenez-
vous cela? Est-ce que j'ai jamais laissé échapper un seul mot qui puisse autoriser pareille
supposition?

— Comment ne comprenez-vous pas, au
contraire, que nous avons soif d'estime et de
respect, que nous avons besoin d'être relevées à nos propres yeux et consolées de ces
faussetés, de ces hypocrisies, de ces men-

songes, au milieu desquels il nous faut bien vivre ? Vous vous figurez peut-être que nous n'avons pas, nous aussi, nos heures noires, où nous sentons tout le vide de cette existence, où nous souffrons, à en pleurer, de ne pas sentir autour de nous une affection sûre, solide, sur laquelle nous puissions nous appuyer et nous reposer, dans laquelle nous puissions nous réfugier, oublier tous nos déboires, tous nos dégoûts...

— Écoutez ! m'écriai-je tout bouleversé en prenant ses deux mains dans les miennes, vous voulez que je vous dise que je vous aime, que je vous ai toujours aimée, que...

A ce moment, un coup de cloche retentissant éclata dans le couloir des loges et presque aussitôt on entendit la voix de l'avertisseur qui criait :

— En scène pour le *un !*

La cruelle et coquette artiste éclata de rire en voyant la mine déconfite que je faisais, et, avant que je fusse rentré en possession de mon sang-froid, elle avait déjà disparu dans

4

le couloir, au milieu d'un tourbillon de mousseline et de rubans, en jetant dans ma direction, en manière d'adieu, un baiser de ses deux doigts mignons posés sur ses lèvres rouges.

Le lendemain, vers les deux ou trois heures, après une nuit très agitée, je me rendis chez elle ; ce qui ne m'était jamais arrivé encore.

Je la trouvai dans un petit salon vieil or, très confortablement meublé, mais sans ces fantaisies de mauvais goût qui ont bien cependant leur charme capiteux : elle était assise au coin de la cheminée, et parlait affaires et chiffons avec deux ou trois personnes assises gravement, comme elle, sur des fauteuils correctement rangés en rond.

J'attendis sans trop d'impatience que les visiteurs fussent partis, me contentant de faire acte de présence en plaçant de temps en temps mon mot dans la conversation. Puis, quand enfin elle fut seule, je me levai, et, m'avançant vers elle en lui tendant les deux mains, je voulus reprendre la conversation où nous l'avions laissée la veille lorsque nous avions été si brusquement interrompus.

Elle me regarda toute surprise et dit :

— D'abord, mon ami, faites-moi le plaisir d'aller vous rasseoir. Est-ce que vous n'étiez pas bien sur cette causeuse?

Puis, comme je me rasseyais tout penaud, et que je la regardais d'un air interrogateur.

— Ah ! je comprends, dit-elle tout à coup en éclatant de rire. Mon pauvre ami, est-ce que, par hasard, vous auriez pris pour argent comptant ce que j'ai pu vous dire hier au soir?

— Ainsi, vous vous êtes moquée de moi?

— C'est votre faute, aussi. Pourquoi avez-vous tenu à assister à ma toilette? Vous avez voulu me voir *faire* ma figure, mes yeux, ma bouche. Eh bien, par-dessus le marché, vous m'avez vue *faire* en même temps ma voix et mon âme. Vous ne vous souvenez donc plus que je jouais Dinah Rambert hier au soir, un rôle de coquette, s'il en fut ? et vous ne saviez donc pas qu'avant d'entrer en scène nous avons toujours besoin de nous fouetter le sang, de nous étourdir à l'avance, de nous pénétrer, de nous enivrer de l'esprit de notre rôle?

— Alors, c'était encore du maquillage?

— Parfaitement! vous avez dit le mot, mon cher.

UNE HISTOIRE BANALE

I

Elle n'avait pourtant rien de banal, la triste héroïne de mon histoire, cette pauvre Marie L..., dont les journaux annonçaient la mort l'autre jour dans leurs *Échos de théâtre*.

Mince, élancée, avec de grands yeux pleins d'expression, de beaux cheveux noirs et des dents superbes, elle était extrêmement jolie; elle avait, en outre, dans sa façon de porter la tête et de regarder les gens bien en face, une sorte de crânerie, étrange à la fois et

4.

ingénue, qui vous prenait le cœur à première
vue, tout en faisant dire au plus sceptique :

— Si celle-là tourne mal, c'est que, décidément, il n'y a pas moyen de rester honnête
au Théâtre !

Seuls, quelques vieux crocodiles de coulisses murmuraient, en se passant la langue
sur les lèvres :

— Bah ! la poulette fera comme les autres.
Ce sera un peu plus long, voilà tout. Mais le
diable n'y perdra rien, ni nous non plus.

C'était par raison qu'elle était entrée au
Théâtre, tout autant que par entraînement ;
sa volonté bien arrêtée étant de se faire une
situation avec son travail et son intelligence.

A quinze ans, elle avait perdu coup sur
coup son père et sa mère, emportés par la
même maladie. Heureusement, sa sœur
aînée, mariée à un brave employé de minis-
tère, s'était chargée d'elle et ne l'avait laissée
manquer de rien.

Mais l'enfant était fière. Elle savait ce qu'il

fallait d'ordre et d'économie à sa sœur pour
joindre les deux bouts à la fin de l'année.
Trois mille deux cents francs d'appointements
et trois cents francs de gratification au
1er janvier, un budget bien modeste pour
faire figure honorable à Paris! Ce n'était
point la misère en habit noir, c'était, tout
au moins, la gêne en redingote et en robe
de mérinos.

Aussi, Marie L... avait-elle hâte de ne plus
être à la charge de l'humble ménage.

Un ancien ami de son père lui ayant offert
de parler d'elle à un directeur de théâtre
qu'il connaissait, Marie L... accepta tout de
suite, sans même avoir consulté sa sœur ni
son beau-frère.

Celui-ci montra fort peu d'enthousiasme
lorsqu'elle leur fit part de ses intentions, et
le soir, quand il fut seul avec sa femme, il
lui dit :

— Tu ne sais pas ce que c'est que le
Théâtre, ma chère Thérèse. Marie est trop
jolie. Tu m'entends? Il ne faut pas qu'elle

mette les pieds dans cette galère-là, ou il nous arrivera malheur à tous.

Sa femme se récria, disant qu'elle répondait de Marie comme d'elle-même ; que, si d'ailleurs il y avait des jeunes filles qui se conduisaient mal au Théâtre, c'est qu'elles le voulaient ainsi ; qu'il n'en manquait point qui se tenaient fort bien au contraire ; elle cita des noms d'artistes connues qui vivaient très dignement dans leur ménage et faisaient d'excellentes mères de famille. Enfin, que Marie entrât dans un atelier, ou dans un magasin, ne serait-elle point tout aussi exposée ?

Marie L... prit des leçons pendant six mois chez le vieux Rey, l'ancien acteur de l'Odéon ; puis elle débuta dans un petit rôle, où sa jeunesse, sa charmante figure et sa bonne grâce la firent tout de suite remarquer. Dès la quatrième réprésentation, les bouquets de roses-thé de Labrousse et les bottes de lilas blanc de Vaillant-Rozeau affluèrent dans la loge de la débutante, escortés des boîtes satinées de Boissier.

Ravie de son succès, comme une véritable enfant qu'elle était, Marie L... partagea les bonbons et les fleurs avec ses camarades; quant aux poulets qui accompagnaient les galants envois, elle les glissa sans les ouvrir dans son petit sac de maroquin noir, pour allumer le feu, disait-elle, en rentrant chez sa sœur.

Cela dura ainsi deux mois, trois mois, et, peu à peu, l'opinion s'établit parmi les gilets en cœur des avant-scènes qu'il n'y avait décidément rien à faire avec Marie L...

— Tu vois ce que je disais, répétait Thérèse à son mari. Avoue maintenant que tu étais fou avec tes inquiétudes.

Le mari ne répondit rien. Malgré tout, il n'était pas encore complètement rassuré.

Cependant l'heureux début de Marie L... l'avait posée auprès de son directeur; aussi lui distribua-t-on un rôle important dans la pièce nouvelle qui fut montée ensuite. Cette pièce comportait, à la fin du troisième acte,

une scène de passion, très bien faite et
très montée de ton, pour Marie L... et le
jeune premier du théâtre, Gérard.

Gérard est, physiquement, l'un des plus
charmants amoureux de Paris : c'est le vrai
type de l'emploi, avec sa taille élégante et
cambrée, son grand air de jeunesse triomphante et sa tête fine, à la moustache bien
plantée, aux yeux ardents et doux à la fois.
Aussi n'en est-il plus à compter ses aventures.

Le soir de la première, Marie L.., em-
portée par la situation, *se jeta à l'eau,*
comme on dit en argot de coulisses, et joua
la scène du troisième acte avec une passion
enfiévrée, qui souleva les applaudissements
de la salle entière.

Étourdi et légèrement inquiet de ce succès
inattendu qui allait à un autre que lui,
Gérard fit plus attention à cette petite,
qu'à peine il avait regardée jusque-là. La
très séduisante beauté de Marie L..., plus
séduisante encore sous le coup de fouet de

l'émotion, le frappa moins que la profondeur,
l'intensité de la passion qui semblait se
dégager naturellement de toute sa personne. Avec son ignorance presque absolue
du métier, elle arrivait à des *effets* extraor-
dinaires, rien que par les élans de sa nature
de sensitive; et son jeu simple, ingénu,
inexpérimenté, n'en trouvait que plus
sûrement le chemin des cœurs. Jamais
Gérard n'avait rencontré encore, pour lui
donner la réplique, une partenaire plus
complètement pénétrée de son rôle : au
contact de cette jeune fille, si naïvement
passionnée, qui se livrait réellement tout
entière au sentiment qu'elle était chargée
d'exprimer, il se montra lui-même très
supérieur à ce qu'il était ordinairement, et
la pièce, enlevée par les deux principaux
interprètes, alla aux nues.

Il arrive souvent aux meilleurs artistes,
après les premières représentations, de se
relâcher de leur zèle, de se ménager, de
ne point donner tout ce qu'ils pourraient

donner : Gérard et Marie L..., au contraire, soutenus, portés l'un par l'autre, ne *lâchèrent* pas une seule fois leur rôle, et trouvèrent même de nouveaux *effets*, à force de le creuser. Bien qu'il eût déjà dix ans de planches, Gérard s'emballait chaque soir comme un débutant et vivait son rôle littéralement.

Un soir même, à la fin de sa grande scène avec Marie L..., au moment où celle-ci se laissait aller éperdue entre ses bras, en lui avouant qu'elle l'aime, une sorte d'ivresse lui monta subitement au cerveau, et, se penchant sur cette tête charmante qui s'abandonnait sur son épaule, il la baisa brusquement à pleines lèvres, sans songer seulement que toute la salle le regardait.

Mais alors il se passa une chose navrante et imprévue : sous le baiser furieux de Gérard, Marie L... chancela, comme frappée au cœur, et, si celui-ci ne l'avait point retenue à temps dans ses bras, elle serait tombée par terre. Heureusement, il reprit bientôt assez de sang-froid pour la porter sur un canapé qui se trouvait là fort à propos, et où elle se laissa traîner presque inanimée.

Cependant le rideau s'était baissé sur un véritable tonnerre d'applaudissements : la salle tout entière, électrisée par le jeu enfiévré des acteurs, était debout, réclamant Gérard et Marie, qui s'entêtaient à ne point reparaître. Naturellement, bien peu de gens se doutaient que les deux artistes avaient ajouté de leur cru le plus dramatique et le plus applaudi de leurs *mouvements*. A peine quelques vieux routiers soupçonnèrent-ils le drame, bien autrement saisissant, qui s'était joué dans le cœur même de la jeune première et de Gérard ; et ceux-là mêmes qui le soupçonnèrent furent loin de deviner à quel point ce drame réel était poignant.

Cédant à sa nature tout en dehors, la pauvre Marie s'était tellement identifiée avec le rôle qu'elle jouait chaque soir, elle y avait si bien jeté tout son cœur, toute son âme, que, pour elle, la fiction et la réalité avaient fini par se confondre. Jean, le héros de la pièce, et Gérard, l'artiste chargé de le représenter, ne faisaient plus qu'un à ses yeux.

Elle ne se rendait pas compte elle-même de cela, bien entendu, et elle aimait déjà son camarade depuis plus de deux semaines. qu'elle ne s'en doutait pas encore.

Le baiser de Gérard, à la fin de leur grande scène, avait été pour elle une révélation ; mais trop tard pour qu'elle eût encore [la force de se ressaisir et de ne point rouler jusqu'au bas de l'abîme ouvert sous ses pieds.

Quant à Gérard, il n'avait pas été longtemps à reprendre son sang-froid. Le trouble mortel de Marie L..., sous sa brusque étreinte, lui avait révélé, à lui aussi, tout l'empire qu'il avait pris sur elle, et, naturellement, il avait été délicieusement chatouillé dans ses fibres d'homme habitué à ces sortes d'aventures.

Comme il était, de longtemps, passé maître

en ces matières, et que Marie L... était bien
incapable de se défendre contre lui, ni surtout contre elle-même, le dénouement,
navrant dans sa banalité, qui devait fatale-
ment se produire, se produisit, et la pauvre
Marie fut perdue.

II

Thérèse n'avait pas été sans remarquer qu'un grand changement s'était opéré depuis quelque temps dans l'humeur et dans les allures de sa sœur.

Tantôt Marie rentrait l'air joyeux et triomphant, les yeux rayonnant de bonheur ; tantôt, au contraire, elle paraissait brisée. Thérèse expliquait cela, soit par l'excitation fébrile qu'avaient laissée à la jeune artiste les applaudissements d'une salle particulièrement bien disposée, soit par la fatigue. Elle n'était point forte, Marie, et le rôle qu'elle avait à jouer était très lourd.

Un soir, en arrivant, elle eut une crise de nerfs épouvantable qui se termina par des torrents de larmes.

Très inquiète, Thérèse la calma de son mieux avec de douces paroles et de tendres caresses, puis la coucha comme un enfant et resta auprès d'elle, attendant qu'elle s'endormît.

En voyant sa grande sœur si affectueuse et si maternelle, un attendrissement subit s'empara de Marie ; elle attira Thérèse sur sa poitrine, et, tout bas, la bouche collée à son oreille, elle lui avoua, en sanglotant, qu'elle aimait Gérard, le jeune premier de son théâtre, et qu'elle s'était donnée à lui : l'éternelle histoire du papillon qui veut jouer avec la flamme !

Le désespoir de Thérèse fut immense.

— Jamais je n'oserai le dire à Victor, s'écria-t-elle en pleurant. Ah ! comme il avait raison de ne pas vouloir que tu entres au Théâtre.

Cependant, il était impossible de cacher la

vérité bien longtemps, et Thérèse n'avait pas
assez d'empire sur elle-même pour garder
ce triste secret qui l'étouffait.

— Je m'y attendais, dit simplement son
mari, plus navré que surpris, quand il lui
eut arraché sa confession, mot par mot. C'était
ainsi que cela devait finir! C'était fatal!

Puis, s'attendrissant lui-même, en voyant
la désolation de sa femme, l'excellent homme
ajouta :

— Enfin, ce qui est fait est fait. Quand
nous passerions notre temps à nous déses-
pérer, cela ne servirait à rien, n'est-ce pas?

— Tu ne lui en veux pas trop, au moins?
demanda Thérèse.

— A elle? Ah! la pauvre enfant! c'est
moins sa faute que la mienne. Si j'avais eu
le courage de vous résister à toutes deux
quand elle a voulu se mettre au Théâtre, cela
ne serait point arrivé.

— Ah! que tu es bon! dit Thérèse en
embrassant son mari.

L'engagement de Marie stipulait qu'elle ne

pouvait reprendre sa liberté sans payer un
dédit de dix mille francs ; il fallut donc que
ces pauvres gens endurassent le supplice de
voir la malheureuse jouer tous les soirs et
jouer avec l'homme qui l'avait perdue.

Au bout d'un mois seulement, la pièce
ayant enfin disparu de l'affiche, Marie, qui
n'était point de la suivante, put rester chez
elle.

Il était temps d'ailleurs, car sa santé commençait à s'altérer gravement. Bientôt, il ne
fut plus possible de s'y tromper : Marie était
enceinte !

— C'est le dernier coup ! dit son beau-
frère en apprenant la chose. Pourvu qu'on
n'en sache rien à mon bureau ! On serait capable de me demander ma démission.

Cependant il fallait agir. Il fut convenu que
Marie irait faire ses couches à Crèvecœur,
dans l'Oise, chez une vieille tante à elle. On
dirait à tout le monde qu'elle était anémique,
et que le médecin avait ordonné la campagne.

Son directeur lui accorda un congé, et

Marie partit pour Crèvecœur, où, cinq mois après, elle accoucha d'une fille.

Quand elle revint à Paris avec son enfant, à peine remise de cette rude secousse, sa sœur et son beau-frère la reçurent avec leur affection ordinaire, et elle reprit son ancienne chambre, où rien n'avait été changé en son absence.

Le lendemain de son arrivée, dans l'après-midi, elle sortit, laissant sa petite fille avec Thérèse, et se rendit droit chez Gérard.

Quand celui-ci la vit entrer, il ne put retenir un mouvement de surprise désagréable et embarrassée.

— Je te dérange? dit Marie.

— Dame! ma chère amie, je ne t'attendais pas, je l'avoue. J'allais sortir.

— Oh! je ne te retiendrai pas longtemps. Je viens seulement te dire que je suis de retour à Paris avec mon enfant, avec le tien, Gérard, et te demander quelles sont tes intentions.

— Ah! fit Gérard, ça tombe bien mal.

Justement, en ce moment-ci, je ne suis guère en fonds. Mais plus tard...

— Me promets-tu, du moins, de me donner de quoi empêcher ma fille de mourir de faim? Tu comprends que je ne veux pas rester à la charge de ma sœur et de mon beau-frère.

Gérard, fort mal à son aise, essaya de gagner du temps. Il ne savait pas encore si son engagement serait renouvelé; on lui avait parlé aussi d'une tournée; mais rien de signé encore. Tant qu'il ne serait pas fixé, il ne pouvait rien promettre.

La pauvre Marie insista, non pour elle, hélas! mais pour son enfant, dont la pensée lui donna le courage de s'humilier devant le misérable et de le prier à genoux.

Cette pénible scène dura longtemps : à plusieurs reprises, Gérard laissa échapper des marques non suspectes d'impatience, jetant à la dérobée des regards inquiets du côté de la porte qui ouvrait dans sa chambre, et derrière laquelle on entendait marcher et parler.

5.

Enfin Marie partit désespérée, sans avoir
pu arracher au père de son enfant autre
chose que des paroles banales et des promesses en l'air. Elle descendit l'escalier en
chancelant et se trouva dans la rue ; mais,
se ravisant tout à coup en pensant à l'attitude embarrassée de Gérard, à sa préoccupation visible, au malaise qu'il n'avait pu
cacher, elle rentra dans la maison, et se
glissa, sans être aperçue, derrière le battant
de la porte cochère.

Quelques minutes après, Gérard descendit
à son tour; il n'était pas seul. Une femme
élégamment vêtue, avec un manteau de
loutre et un immense chapeau Rembrandt,
l'accompagnait.

Marie sortit derrière eux et les suivit de loin
jusqu'au coin du boulevard, où ils prirent
une voiture ; ils paraissaient de très joyeuse
humeur et riaient entre eux comme des fous.

— C'est de moi qu'ils rient sans doute!
pensa Marie.

Et, s'accotant contre une boutique pour

ne pas tomber, elle demeura là quelques
instants, anéantie, la tête perdue, se demandant si elle n'allait pas devenir folle.

Cependant, on commençait à la regarder.
Brusquement, elle s'en aperçut et s'enfuit.

Une heure plus tard, elle arrivait chez sa
sœur, un peu calmée par cette longue course.

— Je commençais à m'inquiéter, lui dit
Thérèse.

— Ma bonne Thérèse, dit Marie en l'embrassant. Ah! si je ne t'avais pas! si je
n'avais pas ma fille? Ah! pourquoi n'est-ce
pas toi qui es la mère de mon enfant? Tu
es si bonne, si maternelle. Aussi je suis bien
tranquille : s'il m'arrivait quelque chose, je
sais qu'avec toi ma pauvre petite ne manquerait jamais de rien.

— Pourquoi me dis-tu cela, Marie? demanda Thérèse vaguement inquiète.

— Moi? mais pour rien. On a comme ça,
parfois, des idées qui vous passent par la
tête. Et puis je ne suis pas forte, et je sens
que je ne ferai point de vieux os.

— Voyons, tais-toi, Marie, tu me fais peur.

— Eh bien ; parlons d'autre chose. Du reste, je ne sais pas où j'ai la tête aujourd'hui. Et tiens, justement, je m'aperçois que j'ai oublié le plus important de ce que j'avais à faire. Il va falloir que je sorte encore. »

Et, comme sa sœur, frappée de l'agitation fébrile où elle la voyait, essayait de la retenir :

— Il le faut ! il le faut ! répétait la malheureuse Marie, et, s'arrachant presque brutalement de l'étreinte de Thérèse, qui ne voulait pas la laisser aller, elle sortit brusquement.

Un instant après, elle rentrait non moins brusquement, en disant :

— Et moi qui m'en allais sans t'embrasser, ma chérie, et sans embrasser ma pauvre petite. Décidément, est-ce que je deviendrais folle pour de bon ?

A peine la porte s'était-elle refermée sur elle, que Thérèse, n'y tenant plus d'inquiétude, le cœur serré surtout de la façon presque violente dont Marie l'avait embrassée, prit à la hâte un chapeau et un manteau, et frappa chez sa voisine, une vieille demoiselle fort obligeante, qu'elle pria de venir garder la petite fille pendant son absence ; puis elle descendit à son tour, en se hâtant, pour rejoindre sa sœur.

Heureusement, la nuit n'était pas encore assez noire pour qu'il lui fût difficile de retrouver la trace de Marie. Elle l'aperçut de loin, qui descendait rapidement la rue Bona-parte en longeant les boutiques.

Marie tourna ensuite à gauche et suivit le quai Malaquais jusqu'au pont des Saints-Pères. A l'entrée du pont, elle s'arrêta quelque temps, puis brusquement elle des-cendit la pente qui mène à la berge.

— J'avais bien deviné ! pensa Thérèse, c'était pour aller se noyer qu'elle sortait !

Et, précipitant ses pas, elle courut après la malheureuse et la rejoignit avant qu'elle fût arrivée au bas de la pente.

— Thérèse ! toi, ici ! dit la pauvre Marie d'une voix étouffée.

Puis, à bout de forces et d'énergie, elle s'affaissa sans connaissance entre les bras de sa sœur.

Un gardien de la paix, qui avait suivi les deux femmes en les voyant se diriger précipitamment vers la berge, aida Thérèse à porter Marie jusqu'à une voiture qui la ramena à la maison sans qu'elle eût repris connaissance.

Ces violentes et poignantes émotions avaient achevé de ruiner sa frêle organisation, encore tout ébranlée de la secousse de ses couches.

Une maladie de langueur se déclara, et le médecin qu'on envoya chercher eut, en examinant la pauvre fille, une grimace de mauvais augure. Marie traîna six mois et mourut entre les bras de sa sœur, qui la soigna avec un dévouement admirable.

Quant à son beau-frère, pas un mot de reproche ne sortit de ses lèvres pendant ces six mois.

Une ou deux fois par semaine, en s'en

allant à son bureau le matin, il emportait un petit paquet dissimulé avec soin sous son pardessus : c'est que le médecin avait encore voulu essayer d'un nouveau remède, ou que la mourante avait eu quelque fantaisie coûteuse.

Peu à peu, tout ce qui avait quelque valeur dans le mobilier de ces braves gens prit le chemin du mont-de-piété de la rue du Four-Saint-Germain.

Mais, jusqu'au dernier moment, Marie, qui ne bougeait plus de son lit depuis longtemps, ne se douta de rien.

Le matin où elle s'éteignit, il ne restait plus, dans le pauvre logis démeublé, que la pendule de sa chambre : elle servit à payer les pompes funèbres.

Une heure avant de mourir, Marie fit signe à sa sœur de s'approcher tout près d'elle, car elle n'avait presque plus la force de parler.

— Tu... lui... enverras... un... billet..., tu me... le promets..., Théréson ? dit-elle.

Ce furent ses dernières paroles.

— Oui, qu'il vienne! Je l'attends! dit le mari de Thérèse, les dents serrées.

Mais Gérard ne vint pas. Sans doute, à l'heure où celle qu'il avait tuée s'en allait à la fosse commune, il avait autre chose à faire de plus important.

Peut-être aussi n'avait-il pas reçu le billet?

Le service de la poste est si mal fait à Paris.

BLANCHE BRÉTIGNY

I

La librairie Calmann Lévy a publié l'année dernière, sous ce titre : *les Petits Côtés d'un grand drame*, un volume de nouvelles, ou plutôt de récits de la vie réelle, empruntés pour la plupart aux événements de la Guerre de 1870 et de la Commune.

Ce volume se terminait par une petite nouvelle très dramatique et très poignante, intitulée *la Femme du communard*. C'était l'histoire d'une pauvre femme, madame

Breton, qui a fait le voyage de la Nouvelle-Calédonie pour rejoindre son mari, condamné à la déportation au lendemain de la Commune. En arrivant à Nouméa, elle apprend que celui-ci est mort depuis huit jours et se rembarque aussitôt pour revenir en France.

Mais, là, un nouveau malheur, un nouveau désespoir l'attendent : sa fille Berthe, une charmante enfant de dix-sept ans, qu'elle avait confiée en partant à des amis, trompant la surveillance de ceux-ci, a disparu un beau matin.

A Paris, quand une jeune fille de dix-sept ans disparaît, on sait ce que cela veut dire et qu'il est inutile de courir après.

Cependant, la pauvre mère, rentrée seule dans son logis désert, ne désespère pas de retrouver sa fille ; elle la demande, elle la cherche partout, et, bien qu'elle ait perdu jusqu'alors son temps et sa peine, elle attend, elle attend toujours.

C'est ici que s'arrêtait la nouvelle.

Or, l'autre soir, une jeune personne, très

élégante et très jolie, se présente chez l'auteur du volume en question, et lui dit :

— Vous ne me reconnaissez pas, monsieur? Je suis Blanche Brétigny, du Palais-Royal. C'est moi qui joue Flora dans *la Brebis égarée*.

— Ah! parfaitement! répond après quelque hésitation notre auteur, un peu surpris de cette gracieuse visite.

— Maintenant, je vais vous dire ce qui m'amène. J'ai lu votre livre, il m'a joliment fait pleurer, allez! la dernière nouvelle surtout, vous savez? *la Femme du communard.* Vous ne devinez pas pourquoi? Non. Eh bien, il faut que je vous dise qu'avant d'entrer au Théâtre, je m'appelais Berthe Breton. Comprenez-vous maintenant? C'est mon histoire et celle de ma mère que vous avez racontées. Seulement, vous n'avez pas tout dit. Vous ne pouviez pas tout savoir, n'est-ce pas? Ah! monsieur, si je vous racontais... Allez! on a tort de jeter trop vite la pierre aux jeunes filles qui tournent mal. Ce n'est pas aussi

facile qu'on le croit de rester honnête, quand
on est pauvre, livrée à soi-même, et que tout
le monde a l'air de s'entendre pour vous
faire arriver à ce que vous savez. Quand
maman est partie, me laissant chez M. et
madame Lemarchand, je ne pensais pas à
m'amuser, je vous assure. J'étais trop triste,
d'ailleurs, trop malheureuse d'être chez les
autres et de vivre si loin de mes parents.
On m'avait mise à la vente, dans le magasin,
en me disant d'être aimable et polie avec
les clients. Je faisais de mon mieux, et, dans
les commencements, cela allait assez bien.
Mais peu à peu je m'aperçus que les clients
me regardaient avec des yeux tout drôles.
Les jeunes n'osaient pas trop, mais les vieux
me faisaient des mines!... Quand je leur
rendais leur monnaie, ils me serraient les
doigts en me souriant d'un air malin. Des
gens mariés, pendant que leur femme réglait
à la caisse, se penchaient sur le comptoir
comme pour examiner les étoffes et me glis-
saient tout bas à l'oreille que j'étais jolie,

que je n'aurais qu'un mot à dire, qu'ils me donneraient tout ce que je voudrais. La première fois, je ne sus que répondre, j'étais comme honteuse; puis je ne fis qu'en rire; puis cela finit par m'énerver et par me dégoûter. M. Lemarchand n'avait l'air de s'apercevoir de rien. Un jour cependant, quelqu'un ayant voulu aller trop loin, je le remis vertement à sa place. M. Lemarchand, cette fois, leva les yeux, et, quand le client fut parti, il me demanda ce qui s'était passé. Je le lui dis, toute rouge encore d'indignation. Alors, lui, savez-vous ce qu'il me répondit? Il se mit à rire et me dit que tout ça, c'était des bêtises, qu'il ne fallait pas y faire attention; que, d'ailleurs, j'étais bien fière, que je ne savais pas ce que je deviendrais un jour, que je ne pourrais pas toujours rester chez lui; que, quant à mes parents, ils ne reviendraient jamais, qu'il fallait donc que je songeasse à me tirer d'affaire toute seule; qu'après tout, quand je ferais comme les autres, il n'y verrait pas

grand mal, que le tout était de bien choisir, etc. Il me parla longtemps ainsi, et,
comme je n'avais pas l'air de comprendre,
il me quitta de mauvaise humeur, en me
disant que je réfléchirais et que je verrais
qu'il avait raison.

Le lendemain soir, pendant que sa femme
était allée au spectacle avec une de ses amies,
madame Samson, avant de fermer le magasin,
M. Lemarchand me demanda si j'avais pensé
à ce qu'il m'avait dit; puis il ajouta qu'il
avait réfléchi de son côté, que ce que j'avais
de mieux à faire, c'était de l'écouter, d'avoir
confiance en lui; si je voulais être gentille
je n'aurais plus à m'occuper de rien, il se
chargerait de mon avenir.

Je ne devinai pas d'abord où il voulait en
venir; mais, en levant les yeux sur lui, en
voyant sa figure toute rouge et les regards
singuliers qu'il me lançait, je compris. Alors,
je le plantai là brusquement, et je montai
bien vite dans ma chambre, où je m'enfermai.

Depuis ce jour, il ne me laissa pas tranquille un seul moment ; il était toujours sur mes talons, me faisant des yeux en coulisse derrière le dos de sa femme ; à table, il me pressait le pied entre les siens, il me prenait les genoux sous la nappe ; enfin, il me poursuivait et m'obsédait du matin au soir. J'aurais pu m'en débarrasser en contant la chose à madame Lemarchand, mais je n'osais pas ; que voulez-vous ! Ah ! si j'avais su où aller, je ne serais pas restée une minute de plus dans la maison. Une nuit, je me réveillai brusquement en entendant qu'on cherchait à ouvrir ; c'était M. Lemarchand qui avait une double clef de ma chambre et qui voulait entrer. Heureusement j'avais laissé ma clef dans la serrure et la sienne ne put pas tourner. Je fis semblant de ne m'être aperçue de rien. Mais, en descendant le matin, j'étais décidée à ne pas coucher dans la maison la nuit prochaine ; je ne savais pas ce que je ferais, où j'irais, mais je partirais avant la nuit ; cela, il le fallait.

Justement, j'avais reçu quelques jours

auparavant une lettre, très convenable, très
polie; c'était un jeune homme qui m'écrivait,
un tout jeune homme de vingt-deux ans; il
me disait qu'il m'avait remarquée depuis longtemps, qu'il n'osait pas me le dire, ni entrer
dans le magasin, qu'il était riche et libre, et
qu'il m'aimait; bref, tout ce qu'on peut dire
à une jeune fille en pareille circonstance,
mais gentiment. Je n'avais pas répondu, mais
je n'avais pas eu le courage de me fâcher.

Le lendemain de la tentative de M. Lemarchand, nouvelle lettre, très gentille encore et
plus pressante: on me suppliait de regarder
dans la rue, de faire un signe si je n'étais
pas trop en colère; on passerait le soir à dix
heures devant le magasin.

J'étais bien résolue à ne pas plus répondre
à cette seconde lettre-là qu'à la première;
mais, malgré moi, je me sentais attirée vers
ce jeune homme, qui paraissait si doux, si
timide. J'avais tellement peur, voyez-vous, de
M. Lemarchand, que tout me semblait possible et honnête, plutôt que lui. Toute la

journée, je cherchai dans ma tête ce que je pourrais faire ; mais je ne trouvai rien, et la peur me reprit. Pour rien au monde, je ne voulais passer encore une nuit dans la maison.

Enfin, quand j'entendis sonner dix heures, une idée me passa tout d'un coup par la tête. Justement, j'étais seule dans le magasin. J'allai à la porte et je l'ouvris. Le jeune homme était là ; il trembla si fort en m'apercevant, que j'en fus touchée.

— Vous avez l'air bon, lui dis-je ; emmenez-moi d'ici, je ferai ce que vous voudrez !

Voilà, monsieur, comment c'est arrivé.

Puis, il y aura un mois le 5, un cousin d'Henri, un grand brun très amusant, qui écrit dans les journaux, me fit engager au Palais-Royal pour trois ans. J'ai cinq louis par mois d'appointements, mais c'est moi qui fournis mes robes, et celle que j'ai dans *la Brebis égarée* a coûté quinze cents francs. Les premiers jours, j'ai trouvé cette existence-là assez drôle ; mais, maintenant, ça m'amuse

6

beaucoup moins, et, si j'étais sûre que maman
voulût bien me recevoir après ce qui s'est
passé, c'est moi qui ne resterais pas longtemps à mon théâtre, ni dans mon appartement de la rue de Turin. Ah! ce ne serait
pas long, je vous en réponds !

II

Pas gai, le logement du quatrième étage à droite, rue Cardinet, n° 85 !

Sur la porte, une carte clouée aux quatre angles, avec ces mots :

Madame Breton, couturière.

Vous tournez la clef et vous entrez dans une chambre extrêmement propre, mais nue et froide à donner le frisson. Pour tous meubles, une table de bois blanc avec sa toile cirée, quatre chaises de paille et une commode ornée de quelques gobelets en verre

taillé ; et puis, c'est tout. A l'unique fenêtre, un maigre rideau de mousseline bro-
dée relevé par un cordon blanc. Sur le marbre de la cheminée, un réveille-matin en
cuivre poli, la pendule du pauvre ! De chaque côté de la glace (car il y a une glace,
une glace étroite, encadrée de bois noir, avec
des trous dans le tain, comme si elle avait
servi de cible), deux mauvaises photographies
représentant, l'une un homme de trente-cinq
à quarante ans, en costume d'ouvrier endi-
manché, la redingote boutonnée, le cou serré
dans une cravate noire et les mains posées
à plat sur les genoux ; l'autre une fillette en
tenue de première communiante, le grand
voile rejeté derrière la tête et, dans les mains,
gantées de laine blanche, le paroissien à
tranches dorées.

Assise tout contre la fenêtre pour profiter
des dernières heures de jour, une femme,
encore jeune, mais flétrie avant l'âge par les
privations, son ouvrage déroulé sur les
genoux, pousse l'aiguille avec cette hâte

fébrile, mécanique, des pauvres gens dont les instants sont comptés. Courbée en deux sur sa chaise, les pieds sur les barreaux de la petite table placée devant elle, elle est tout à sa besogne, avec l'unique préoccupation d'arriver à livrer le corsage commandé à l'heure dite.

Parfois, cependant, les doigts de l'ouvrière s'arrêtent; alors ses yeux se portent machinalement, comme attirés par un aimant irrésistible, vers les deux photographies accrochées de chaque côté de la glace, et s'y attachent, à travers la chambre, avec une expression si navrante, que le moins perspicace comprendrait qu'il a dû se jouer, sous cet humble toit, quelque drame plein de larmes et de sang.

Puis, après un brusque effort pour arracher son regard et sa pensée des deux images, épaves d'un passé douloureux, la pauvre femme reprend résolument l'ouvrage abandonné sur ses genoux, et, essuyant une grosse larme qui est venue perdre dans un pli de l'étoffe, elle fait manœuvrer de nouveau son aiguille d'une allure presque furieuse, comme si elle se reprochait d'avoir dérobé quelques minutes à son travail pour les donner à ses chimères.

Tout d'un coup, un bruit léger, comme un bruit de pas étouffés, se fait entendre dans l'escalier. L'ouvrière s'est dressée toute tremblante sur sa chaise, l'aiguille s'échappe de sa main et ses yeux se tournent vers la porte avec une anxiété pleine d'angoisse. Elle demeure ainsi, n'osant faire un mouvement, le cou tendu. Peut-être ce bruit, qu'elle a cru entendre, n'a-t-il retenti que dans son imagination. C'est, sans doute, encore une fausse joie. Elle y a été trompée si souvent, qu'elle craint de se tromper une fois de plus ; ces espoirs, sans cesse renaissants et suivis invariablement de déception, la rendent folle et la tuent. Elle souffre bien assez sans cela ! A quoi bon se monter la tête inutilement ? Ça l'avance à grand'chose !

En effet, le bruit a cessé, on n'entend plus

rien. C'était une fausse alerte. Mais non!
Écoutez! Ne dirait-on pas un soupir, maintenant, une sorte de gémissement sourd et
plaintif?

Pour le coup, l'ouvrière n'y tient plus, elle
court à la porte, et, tournant la clef dans la
serrure, elle s'élance et pousse un cri en portant la main à son cœur. Dans l'ombre du
corridor mal éclairé, elle vient d'apercevoir
une forme vague, indécise, mais qu'elle a
reconnue tout de suite.

— Berthe! ma petite Berthe! C'est toi!
c'est toi! s'écrie-t-elle en tendant les bras.
Enfin, c'est toi! depuis le temps que je pleure
et que je me désole en t'attendant. Mais viens
donc, que je t'embrasse!

Et, comme la jeune fille, retenue sans
doute par le sentiment de sa honte, n'ose
pas faire un pas pour entrer, sa mère, sortant sur le carré, la saisit par la main, presque violemment, et l'emporte avec elle,
comme une proie, jusque auprès d'une
chaise où elle se laisse tomber, les deux

bras passés autour de son enfant retrouvée.

— Ah çà! dit-elle, on croirait que tu as peur de moi, maintenant! peur de ta mère! Mais tu ne vois donc pas que je t'attendais? Est-ce que je n'étais pas sûre que tu reviendrais un jour ou l'autre? Tiens, c'est si vrai, que je n'osais jamais sortir, crainte de ne pas me trouver là pour te recevoir quand tu rentrerais. Quand j'allais chercher de l'ouvrage ou en reporter, je laissais toujours ma clef chez la concierge, en disant que je ne faisais qu'aller et venir. Et ce n'était pas long, mes courses, je t'assure!... Je me figurais toujours que tu reviendrais pendant que je serais dehors : aussi, en rentrant, du coin de la rue je regardais tout de suite à ma fenêtre, pour voir si tu n'y étais pas, à me guetter et à m'attendre. Ainsi, tu vois! tu aurais bien tort de t'inquiéter. Mais regarde-moi donc, ma chérie. Oh! qu'il y a longtemps que je ne t'ai pas vue! Pense donc! huit mois, il y a huit mois! C'est un bout de temps, ça! — Voyons, ne pleure pas, je t'en prie. Est-ce que je te

fais des reproches? Je suis bien trop heureuse de te revoir, va! Et, pourvu que tu ne
me quittes plus, maintenant, je ne veux rien
savoir. Nous nous figurerons que nous avons
fait un mauvais rêve, voilà tout. Seulement, tu
me promets de ne plus me quitter, jamais,
jamais? Parce que, cette fois, vois-tu, j'en
mourrais, bien sûr. D'ailleurs, je le sais bien,
va, que ce n'est pas de ta faute, ce qui est
arrivé. Est-ce que je n'aurais pas dû t'emmener? Est-ce qu'on laisse une jolie fille
comme toi, sans expérience, seule à Paris,
chez des gens qu'on connaît à peine et qui ont
bien autre chose à faire que de s'occuper
d'elle? Je te demande un peu ce que ça pouvait leur faire, à ces Lemarchand, que tu res-
tes tranquille ou que tu t'en ailles avec le premier venu. Eh dame! on est jeune, n'est-ce
pas? on est un peu coquette, on sait qu'on est
jolie, on ne déteste pas les compliments, on
se laisse monter la tête, on se laisse griser
avec de belles paroles, et puis, un beau soir,
plus personne! Ah! parbleu! ça leur est bien

facile, de ne pas mal tourner, aux belles demoiselles qui n'ont pas besoin de gagner leur vie et qui ne sortent jamais qu'en voiture, ou accompagnées de papa et de maman. Il ne faut pas qu'elles fassent tant les fières! On peut bien dire que souvent, si elles restent sages, c'est qu'elles ne peuvent pas faire autrement, et encore, à ce qu'on raconte, il y en a... Va, tu n'es pas la seule, ma pauvre chérie, qui n'auras pas su te défendre. Bien d'autres, à ta place, auraient fait comme toi. Avec ça que je ne te connais pas! Avec ça que je ne sais pas que jamais rien ne serait arrivé si j'avais pu ne pas te quitter! Veux-tu que je te le dise? C'est encore la guerre et cette maudite Commune qui sont cause de tout! Oh! la Commune! Dire que, sans la Commune, nous serions là, heureux et tranquilles, tous les trois, avec ton pauvre père! Tandis que maintenant voilà ton père mort! — Eh bien, qu'est-ce que tu as? Berthe! ma petite Berthe! Comment! tu ne savais pas? on ne t'avait pas dit? Ma pauvre petite! hélas! oui, tu n'as plus de père! Ils l'ont laissé mourir là-bas, tout seul, comme un chien! Quand je suis débarquée, il y avait quinze jours qu'on l'avait enterré! C'était bien la peine, n'est-ce pas, que je fasse le voyage et que je te laisse seule ici, au risque de ce qui pouvait arriver? Enfin, j'ai fait ce que je devais faire. Au moins, je n'ai rien à me reprocher. Si seulement ton pauvre père avait pu attendre quinze jours de plus, j'aurais pu l'embrasser avant qu'il mourût... Mais je suis bête, je te fais pleurer, ma petite chérie! Ça ne sert à rien, de pleurer; ce n'est pas ça qui le fera revenir, n'est-ce pas? — Sur le moment, quand ils m'ont dit la chose, je suis tombée raide, comme une masse. Il paraît que je suis restée plus d'une heure sans connaissance! Ah! pourquoi ne suis-je pas morte alors, moi aussi? Mais qu'est-ce que je dis là? Je deviens folle, je crois. — Puis, quand je suis revenue à moi, je les ai arrangés, je t'en réponds; je leur en ai dit de belles, et que ton pauvre père valait mieux

qu'eux tous à lui tout seul, et qu'on avait
voulu l'assassiner en l'envoyant dans ce
pays de malheur où personne ne peut vivre ;
qu'on aurait mieux fait de le fusiller tout
de suite, que ça aurait été moins cruel ; et
qu'on avait voulu se venger sur lui, qui
était innocent, de ce qu'on n'avait pas pu
mettre la main sur les chefs, sur ceux qui
avaient tout fait ! Et c'est vrai, ça, regarde,
ma petite Berthe ! est-ce qu'aujourd'hui, ils
ne se pavanent pas librement dans Paris,
ceux-là ? est-ce qu'ils ne se font pas nommer
du conseil municipal, députés, et le reste,
pendant que les malheureux qu'ils avaient
lancés avec eux dans toutes ces affaires sont
morts de misère et de maladie, là-bas, en
Calédonie ? Ce n'est pas eux qui se sont
laissé pincer à la rentrée des troupes ! Pas
si bêtes ! Ils ont bien trouvé le moyen de
s'esquiver au moment du danger ! Ah ! tiens !
quand je pense à tout ça, j'ai des rages qui
me prennent si fort, que, pour un peu, j'irais
leur cracher à la figure tout ce que j'ai sur le

cœur. Mais il faut se faire une raison, n'est-
ce pas? A quoi ça m'avancerait-il? — Ce que
je ne m'explique pas, par exemple, c'est
comment j'ai eu la force de revenir de là-
bas. Il est vrai que je t'avais laissée ici. Oh!
sans toi, si je n'avais pas pensé que j'allais te
revoir, que tu avais besoin de moi!... Aussi,
quand je ne t'ai pas retrouvée chez les
Lemarchand, quand ils m'ont appris que tu
étais partie de chez eux sans rien dire et
qu'ils ne savaient pas ce que tu étais devenue,
ça m'a donné un coup!... La preuve qu'on
ne meurt pas de chagrin, c'est que je suis
encore vivante. Pense donc! perdre coup sur
coup son mari, puis sa fille, c'est trop. Ce
n'est pourtant pas le courage qui me manque; mais, sans ce brave M. Lebeau, qui
ne m'a pas abandonnée, je ne sais pas ce que
j'aurais fait. Tu te souviens de M. Lebeau,
de ce brave monsieur à qui ton père avait
rendu service et qui, en souvenir de ça,
s'était montré si bon avec nous. C'est encore
lui qui est venu à mon secours et qui m'a

7

empêchée de faire un malheur! Oh! il a été
bon comme le bon Dieu! Il a eu une patience!
Figure-toi que tout d'abord, je peux bien te
dire ça maintenant, je voulais aller à la
Préfecture de police, pour qu'on te cherche,
qu'on te ramène de force à la maison. C'est
M. Lebeau qui m'a expliqué qu'en faisant
du bruit, du scandale, je n'arriverais qu'à
aggraver le mal, au lieu de le diminuer;
que, quant à toi, tu reviendrais de toi-même,
dès que tu apprendrais mon retour. Et il
avait raison, n'est-ce pas, M Lebeau,
puisque te voilà? C'est lui, j'en suis sûr, qui
t'a dit que j'étais revenue! Et tu n'as pas
hésité un instant, tu es accourue tout de
suite. Tu savais bien, n'est-ce pas, que je te
recevrais à bras ouverts? Est-ce qu'une mère
ne pardonne pas toujours à son enfant? Je
suis bien sûre d'une chose, c'est que tu sentais toi-même que rien ni personne ne rem-
placerait jamais ta mère pour toi. Oui, il ne
manque pas de gens pour vous dire qu'ils
vous aiment, quand on est un peu jolie;

mais une fois qu'ils ont ce qu'ils veulent, on
voit pourquoi ils vous aimaient, n'est-ce
pas?

C'est vrai que tu es jolie! Regarde-moi
donc! où diable as-tu été chercher ces yeux-
là? C'est ton pauvre père qui serait heureux
de te voir embellie comme ça, lui qui était
si fier et si coquet de toi! Mais ne parlons
plus de cela! Ça fait trop de mal! Tu verras!
maintenant que te voilà revenue, et pour
toujours, n'est-ce pas? nous trouverons encore le moyen d'être heureuses. Tu sais, ta
chambre est toujours là, qui t'attend. Telle
tu l'as quittée, telle tu la retrouveras. On n'y
a pas touché. Tes affaires, tes petits bijoux,
tes livres, tes joujoux d'enfant, tout est resté
à sa place. Ce n'est pas comme ici. Hein! tu
dois trouver du changement? Que veux-tu?
il fallait bien vivre, et ce maudit voyage a
coûté si cher! M. Lebeau m'a joliment aidée,
c'est vrai. Sans lui, je ne m'en serais jamais
tirée. N'empêche qu'il a fallu presque tout
vendre. Notre pauvre mobilier y a passé

entièrement. Ah! dame, ça m'a saigné le
cœur. Ces pauvres meubles que nous avions
eu tant de peine à gagner, mon armoire à
glace, mon chiffonnier, la pendule, tu te
souviens? la pendule que ton pauvre père
m'avait donnée pour tes sept ans! Il n'y a
que ta chambre à toi qui n'a pas été vendue.
Oh! ça, jamais! c'était sacré! Plutôt que de
toucher à la plus petite chose de ce qui était
à toi, vois-tu, je me serais plutôt passée de
manger. Aussi, tu vas te trouver chez toi,
comme si tu n'étais jamais partie. Je te parie
une chose, c'est que, dans deux ou trois jours,
huit jours peut-être, tu ne voudras jamais
croire que nous ayons pu vivre si longtemps
l'une sans l'autre. Mais viens donc, il faut que
je t'installe! Tant pis pour mon corsage! C'est
pressé pourtant. Madame Gabriel m'a bien
recommandé de le rapporter demain avant
midi, au plus tard. C'est pour une belle dame, à
ce qu'il paraît, pour une vicomtesse qui habite
rue Murillo, au parc Monceau! Une vicomtesse, rien que cela. Tu vois, je travaille

pour les vicomtesses maintenant. Eh bien,
tant pis! madame la vicomtesse attendra. Ce
n'est pas tous les jours qu'on retrouve sa
fille, n'est-ce pas, chérie? »

PÈRE ET FILLE

I

J'étais tranquillement occupé à corriger des
épreuves, lorsque j'entendis frapper brusquement à la porte de mon cabinet. Presque
aussitôt, avant même que j'eusse eu le temps
de crier : « Entrez ! » un homme se précipita,
les vêtements en désordre, les yeux hors de
la tête, et si bouleversé, que j'eus quelque
peine à reconnaître tout d'abord un ami à
moi, un ancien colonel d'artillerie, M. Borel,
le père de Marie Borel, la jolie artiste.

— Mon cher monsieur, mon ami, s'écria le colonel Borel en me saisissant les mains avec effusion, vous avez vu Marie? Vous savez où est Marie?

— Votre fille? Mais je ne l'ai pas vue depuis... oui, depuis lundi... C'est lundi, n'est-ce pas? que nous avons dîné ensemble chez son directeur? Je devais aller hier soir à la dernière du *Brigadier de Saint-Sauveur*, mais je ne sais pas ce qui m'en a empêché.

— Voyons, sérieusement, votre parole d'honneur! vous ne l'avez pas vue?

— Mais puisque je vous dis...

— Oh! ne faites pas attention. Je n'ai plus ma tête à moi. Si vous saviez ce qui m'arrive!

— Eh! mon Dieu! Qu'y a-t-il? Vous m'effrayez!

— Il y a que Marie n'est pas rentrée hier soir après son théâtre, et qu'en ce moment encore je ne sais pas ce qu'elle est devenue. Vous comprenez dans quel état nous sommes, sa mère et moi!

— Ce n'est pas possible !

— Depuis ce matin, je cours comme un
fou. Je vais chez tous mes amis, partout où
je suppose qu'elle a pu aller, la malheureuse
enfant, partout où j'espère qu'on me donnera
de ses nouvelles. Nous avions eu une petite
scène à dîner, comme cela arrivait assez
souvent depuis quelque temps. Vous la
connaissez, vous savez si elle est nerveuse !
Moi, de mon côté, je ne suis pas tous les jours
de bonne humeur, surtout quand mes rhu-
matismes me travaillent. Notre querelle
n'avait aucune importance, d'ailleurs, je ne
me souviens même plus à propos de quoi
elle avait commencé. Mais, quelquefois, une
chose insignifiante prend tout de suite de la
gravité sans qu'on sache ni pourquoi ni
comment. Un mot en amène un autre, on se
monte peu à peu et on en arrive à se dire
des choses qu'on regrette aussitôt, qu'on
voudrait reprendre, mais il est trop tard !
C'est ainsi qu'après une parole vive de Marie
je m'étais emballé jusqu'à lui dire que déci-

dément, puisque nous ne pouvions plus nous
entendre, il vaudrait mieux s'arranger pour
vivre chacun de notre côté. Vous comprenez bien que je n'en pensais pas un mot.
Jamais il n'aurait pu entrer dans ma pensée
que ma fille pût nous quitter. Je ne m'explique même pas, à présent, comment cette
phrase stupide a pu me venir sur les lèvres.
Il fallait que je fusse bien en colère, pour
dire ainsi tout ce qui me passait par la tête,
sans mesurer la gravité de mes paroles.
Marie ne répondit point ; elle se leva de table
aussitôt, s'habilla et partit pour son théâtre,
sans nous embrasser, sa mère et moi. C'était
la première fois. Nous étions pourtant à mille
lieues de nous imaginer qu'elle avait pris ce
que j'avais dit au pied de la lettre. Nous
pensions qu'elle n'y attachait pas plus d'importance que nous-mêmes. Plusieurs fois des
scènes de ce genre-là avaient eu lieu sans
que cela eût tiré à conséquence. On se
boudait quelques jours, puis on n'y pensait
plus. Hier soir, j'ai eu le tort (ah ! je me le

reproche assez!), par entêtement, par amour-
propre mal placé, de ne pas aller la prendre
au théâtre après la représentation, comme
j'y allais tous les soirs! Je voulais la punir
de m'avoir tenu tête, et surtout de ne pas
nous avoir embrassés avant de partir. La
punir! une bonne idée que j'ai eue là! Ah!
c'est nous qui avons été les premiers punis,
et cruellement, je vous assure! Figurez-vous
notre inquiétude, puis nos angoisses crois-
santes, quand nous vîmes passer l'heure à
laquelle elle rentrait tous les soirs, sans
qu'elle rentrât. Nous avions cru d'abord à un
retard involontaire. Elle avait pu être retenue
au théâtre. Comme c'était la dernière du
Brigadier, peut-être le Directeur, ou les
auteurs, avaient-ils offert aux artistes qui
jouaient dans la pièce un punch, ou un
souper, ainsi que cela se faisait ordinairement. Peut-être n'avait-elle pas trouvé de
voiture. Peut-être aussi avait-elle voulu, de
son côté, me punir de ma violence en me
laissant exprès dans l'inquiétude. Enfin je ne

savais qu'imaginer pour expliquer ce retard
d'une façon plus ou moins naturelle. Et je
croyais toujours entendre son pas dans l'escalier, ou bien une voiture s'arrêter à la
porte. » Tiens, écoute, disais-je à ma femme,
cette fois, je ne me trompe pas, c'est
elle! « Mais non; minuit, minuit et demi,
une heure sonnèrent, et rien! toujours rien!
De temps en temps nous échangions un
regard consterné avec ma femme; mais
nous n'osions point nous parler, nous ne
trouvions pas un mot à nous dire. Tout
d'abord cependant, ma pauvre femme avait
commencé par me faire des reproches. C'était
moi, disait-elle, qui étais cause de ce qui arrivait. Je connaissais Marie, je n'aurais pas dû
la bourrer comme je le faisais toujours. Elle
n'avait pas déjà tant d'agrément, la pauvre
enfant. Jamais un moment de repos; jouant
tous les soirs, et les répétitions dans
le jour. Si, avec cela, on s'arrangeait pour
lui rendre la maison insupportable, il y avait
de quoi la rendre tout à fait folle. Je serais

bien avancé, n'est-ce pas? quand je l'aurais
forcée, pour ainsi dire, à faire quelque coup de
tête, à partir, à nous quitter pour ne plus
revenir, etc., etc. Mais, en voyant que je ne
répondais pas et que j'avais des larmes plein
les yeux, la pauvre femme n'eut plus le courage de m'accuser. Elle alla s'installer, sans
rien dire, auprès de la fenêtre, soulevant le
rideau à chaque instant, pour voir plus tôt
Marie, lorsqu'elle rentrerait. Quant à moi,
je ne pouvais tenir en place, j'allais et venais
dans la chambre, impatient, anxieux, et prê-
tant l'oreille aux moindres bruits qui venaient
jusqu'à moi, dans le silence de la nuit. Nous
restâmes ainsi jusqu'au matin, attendant toujours et nous creusant la tête pour deviner
ce qui avait pu arriver à notre enfant. Au
petit jour, je sautai dans une voiture et
commençai immédiatement mes recherches.
J'allai d'abord au théâtre. Le concierge, qui
venait à peine de se lever, fut stupéfait en
me voyant d'aussi bonne heure; il m'apprit
que Marie était partie à minuit moins un

quart, aussitôt après *le Brigadier;* qu'elle était comme à son habitude, que du moins il n'avait rien remarqué d'extraordinaire ; en passant devant la loge, elle avait demandé s'il y avait des lettres pour elle, et prié, s'il en arrivait, qu'on les lui envoyât chez elle. Du théâtre, j'allai chez une cousine à nous que Marie aime beaucoup, et chez qui je supposais qu'elle avait pu aller passer la nuit. La cousine ne l'avait pas vue. De là, j'allai chez mon frère, avec le même espoir en tête ; puis chez tous nos amis. Partout même réponse ; personne n'avait vu Marie. Toute ma matinée se passa ainsi en courses inutiles. Voilà dix heures que cela dure, mon cher ami, dix heures que je vais me cogner le nez à toutes les portes, sans trouver un seul indice qui me mette sur la trace de ma malheureuse enfant. Et sa mère qui m'attend à la maison! Jamais je n'oserai paraître devant elle tant que je ne pourrai pas lui dire où est sa fille. Vous pensez ce qu'il a dû me passer par la cervelle, depuis cette nuit, de

réflexions, de suppositions plus ou moins vrai-
semblables. Il y a une idée, surtout, qui me
poursuit, qui me harcèle, et dont je ne peux
pas me débarrasser, malgré tous mes efforts:
c'est que Marie nous a quittés pour s'en aller
avec quelqu'un. Oh! il y a longtemps que je
prévoyais le moment où elle viendrait me
dire : « Écoute, père, j'ai toujours été une
bonne et honnête fille, et tu n'as jamais rien
eu à me reprocher. Tu sais pourquoi je me
suis mise au Théâtre? d'abord, parce que
c'était mon goût, et puis aussi parce que,
n'ayant point de dot, je ne pouvais pas me
marier comme je l'aurais voulu. Depuis
cinq ans que j'ai débuté, ma conduite a-t-elle
cessé d'être un instant ce qu'elle devait être?
Non, n'est-ce pas? Et, pourtant, ce ne sont pas
les occasions qui m'ont manqué! Tu en sais
quelque chose; et toutes les offres, toutes
les déclarations que j'ai reçues! Aussi, tu
avais fini par n'y plus faire attention. Tu
savais que, le jour où j'aimerais quelqu'un, je
te le dirais franchement. Je ne t'ai pas promis

que cela n'arriverait pas. On n'est pas toujours maîtresse de ces choses-là. Mais, du
moins, je t'ai promis de ne pas te tromper.
D'ailleurs, il pouvait très bien se faire que
je n'aimasse personne, absorbée comme je
l'étais par mon théâtre. Aujourd'hui, je m'a-
perçois que j'avais trop présumé de moi-
même, et que le théâtre ne peut pas tenir
lieu de tout. J'aime quelqu'un, quelqu'un
qui est digne de moi et qui m'aime passion-
nément de son côté. Tu me connais assez
pour être certain que j'ai dû bien lutter, que
j'ai dû faire, sincèrement et vaillamment, tout
ce que j'ai pu pour m'arracher cet amour du
cœur. Je n'ai pas réussi : au contraire, ces
efforts, cette résistance n'ont fait que
redoubler ma passion. Je n'ai pas pu cacher
mon secret à celui que j'aime, je n'ai pas eu
le courage de le laisser souffrir et de souffrir
moi-même plus longtemps. Aujourd'hui, rien
ne pourra nous séparer, rien ne pourra nous
empêcher d'être l'un à l'autre. Tu vois, je
te parle franchement Ce n'est ni l'intérêt

ni l'attrait du vice qui me font agir : c'est
un sentiment sérieux, profond, irrésistible.
D'ailleurs, je ne suis plus une enfant, je sais
ce que je fais, je ne m'engage pas légèrement. J'ai tout pesé, j'ai réfléchi à tout, avant
de prendre mon parti. J'aurais pu essayer de
me cacher de toi, j'ai mieux aimé t'avouer
tout, sincèrement ; il m'a semblé que c'était
plus honnête, plus digne de toi et de moi.
Et maintenant, j'attends ta réponse. » —
Cette réponse, mon cher ami, je me deman-
dais si j'aurais jamais le courage de la faire.
D'un côté, bien que j'aie les idées fort larges
et que je sache ce qu'il y a souvent de fausseté, d'exagération dans les préjugés de la
vie courante, je ne pouvais pas admettre que
ma fille appartînt à quelqu'un qui ne serait
pas son mari, que ma fille eût un amant,
enfin, pour dire le mot ; et cependant, d'un
autre côté, est-ce qu'elle n'était pas libre,
après tout? est-ce qu'elle n'avait pas vingt-
cinq ans? est-ce que j'avais le droit de lui
interdire d'avoir un cœur? Et, d'ailleurs, que

je le voulusse ou non, est-ce que je pourrais
rien empêcher ? Vous comprenez si toutes ces
idées me sont revenues ce matin, quand j'ai
vu que ma fille ne rentrait pas à la maison.
Ce qui me faisait le plus souffrir, c'était de
ne pas même savoir si l'homme pour lequel
Marie nous avait sacrifiés et s'était sacrifiée
elle-même n'était pas indigne d'elle. Tout
d'un coup, en passant devant chez vous, une
idée subite me traversa l'esprit. Oui, je ne
sais pourquoi, je me figurai, je vous demande
pardon, que c'était vous que ma fille aimait.
J'avais cru remarquer, en deux ou trois circonstances, que Marie ne vous était pas
indifférente ; et, naturellement, cette idée-là
me revenant à l'esprit, je pus penser... mais
non, je vois bien que je m'étais trompé. Et
tenez ! vous me croirez si vous voulez : je ne
dis pas que, sur le moment, si j'avais appris
la chose brusquement, je ne vous aurais pas
sauté à la gorge pour vous étrangler ; mais,
en y réfléchissant bien, ça m'aurait été un
adoucissement, une consolation dans mon

malheur, de penser que c'était du moins à un
honnête garçon, à un galant homme, à un
homme bien élevé que ma fille s'était donnée.
Ah! c'est que j'ai fait du chemin depuis ce
matin, mon ami, et que, pour revoir ma
fille, pour la retrouver, il n'est pas de con-
cession, pas de lâcheté, vous entendez bien,
que je ne sois prêt à subir. C'est égal, si on
m'avait dit, hier seulement, que j'en arriverais à souhaiter que ce fût pour aller avec
vous que ma fille nous ait quittés, je crois
que j'aurais assommé proprement le premier
qui m'aurait parlé ainsi, et vous par-dessus le
marché. Ah! je suis bien malheureux, et
je ne sais pas si, pour en finir, je ne ferais
pas mieux, tout simplement, de me faire
sauter la cervelle avec mon revolver.

II

Au moment où je sortais de chez moi avec le pauvre colonel Borel, dont la triste confession m'avait touché beaucoup plus que je ne voulais le laisser paraître, mes yeux tombèrent par hasard sur un fiacre arrêté de l'autre côté du boulevard, en face de ma porte; et, derrière la vitre soigneusement relevée, il me sembla deviner un visage inquiet qui se penchait en regardant de mon côté, et une main qui me faisait un signe discret, soit pour m'appeler, soit pour me recommander le silence.

Cinq minutes après, à l'entrée du passage des Panoramas, je m'échappai sous un prétexte, en disant au colonel que je le reverrais dans la soirée, que je chercherais de mon côté, etc., et je revins rapidement sur mes pas.

Le fiacre était toujours là. Je m'approchai. Aussitôt, la portière s'ouvrit, et une voix tremblante, précipitée, me dit :

— Montez vite, et dites au cocher de filer le plus rapidement possible, toujours tout droit, dans la direction de la Bastille.

Je ne m'étais pas trompé, c'était bien Marie Borel.

Elle me prit la main, et, se penchant anxieusement vers moi, assez près pour que je sentisse sur ma figure le souffle haletant de ses lèvres au travers de la voilette :

— Un mot d'abord, mon ami, me dit-elle. Mon père ? vous l'avez vu ? vous venez de le quitter ? Mon pauvre père ! Il est bien malheureux, n'est-ce pas ? Qu'est-ce qu'il vous a dit ? Ne me cachez rien. Il a dû s'emporter violemment contre moi, il a dû me maudire! Et cependant, si vous saviez! je ne suis pas si coupable que j'en ai l'air, allez! Vous souvenez-vous? Vous me l'avez dit vous-même : cela devait arriver! c'était fatal! Et moi qui ne voulais pas vous croire! c'est vous qui aviez raison! — Mais qu'est-ce que vous avez? Pourquoi me regardez-vous ainsi? Vous ne l'aviez pas deviné? Eh bien, oui, c'est fait. Je me suis donnée. J'ai un amant! Oui, moi, j'ai un amant! Après? Méprisez-moi, si vous voulez. Vous êtes libre! Je le savais bien, parbleu! (Est-ce qu'une femme ne s'aperçoit pas toujours de ces choses-là?) oui, je le savais bien que vous m'aimiez, quoique vous n'ayez jamais osé me le dire. Il fallait oser, mon cher, peut-être vous aurais-je écouté; j'en ai bien écouté un autre. Vous avez manqué le coche. — Mais non, ne me croyez pas, je me donne pour plus mau-vaise que je ne suis. Je vous fais du mal, mon ami ; pardonnez-moi, je suis folle, je ne sais plus ce que je dis. Ah! tenez! je voudrais être morte! Quand je pense à tout ce qui s'est passé depuis hier, il me semble que j'ai fait un mauvais rêve, que je suis toujours l'honnête fille sans souci que vous avez connue. Mais non, c'est bien fini, il n'y a plus à y revenir. Je suis la maîtresse de Destang! Oui, c'est lui! Vous ne vous en doutiez pas un peu? Vous le connaissez, c'est un brave garçon, n'est-ce pas? un honnête homme? Il sera bon avec moi, et se conduira loyalement. Ça me fait penser, ce que je vous demande là, à un mot que j'ai entendu dire par Marguerite un jour dans sa loge : « Tout dépend du premier pas. Si vous avez la chance de bien tomber, vous pouvez être fort heureuse, et même vous faire une existence très honorable, très digne; si vous tombez mal, et on tombe presque toujours mal, alors, dame! ça fait une femme de plus à la mer! » Et Marguerite avait raison, je le vois bien maintenant. Seulement est-ce qu'on sait comment on tombe? Si on le savait, parbleu! on ne tomberait pas. C'est très joli, tous ces

beaux discours, ce programme que l'on se
trace à l'avance, ces théories que l'on répète
tranquillement, en se regardant dans la
glace! Mais pour ce que cela sert! Vous me
demanderiez comment c'est arrivé ce..., ce qui
est arrivé, vous allez vous moquer de moi,
vous ne me croirez pas ; eh bien, la vérité,
pourtant, c'est que je n'en sais rien moi-
même. Il y a huit jours, hier même, je ne
songeais pas plus à changer de vie qu'à
me jeter à l'eau. Quelqu'un qui serait venu
me dire que je me donnerais à Destang, ou
à n'importe qui, que je serais la maîtresse
d'un monsieur quelconque, je l'aurais reçu
d'une jolie façon. Il y a longtemps, pourtant,
que Destang me faisait la cour. Vous vous en
étiez bien aperçu? oui, n'est-ce pas? Il me
plaisait assez, je l'avoue. Ce n'est pas qu'il soit
autrement joli garçon, mais il est si gai!
toujours de bonne humeur, et distingué de sa
personne! Enfin, il ne ressemble pas à tout le
monde. Malgré tout, je ne me sentais pas
d'amour pour lui et jamais la pensée ne

m'était venue que je pourrais lui céder, hier
soir encore moins que jamais. Je ne sais pas
ce que j'avais hier soir, j'étais tout énervée :
j'avais eu à la maison un scène violente avec
mon père ; il vous a conté ça peut-être. Bref,
en arrivant au théâtre, je n'avais guère la
tête à moi, je me sentais toute triste, toute
mal à mon aise, comme s'il allait m'arriver
quelque malheur. Je monte dans ma loge, je
veux m'habiller : personne ! Mon habilleuse
n'était pas là ; je veux, en attendant, faire ma
figure : on m'avait pris mon blanc. Jusqu'à
Firmin, le coiffeur, qui n'arrivait pas ! Enfin,
tout s'en mêlait. C'était comme une fatalité.
Pour m'achever, voilà le grand Lemercier
qui entre dans ma loge. Vous savez qu'il se
mêle aussi de m'aimer, celui-là ! Et Dieu sait
pourtant comment je l'ai toujours reçu. Il
m'assomme et je ne le lui ai pas caché. Mais
jamais il ne m'avait paru aussi ridicule, aussi
ennuyeux qu'hier soir. Ne s'avise-t-il pas de
me faire une scène de jalousie absurde,
comme si je lui avais donné le moindre

droit de me parler de la sorte? Voilà qu'il se
met à me dire que je ne suis au fond qu'une
coquette, que j'ai l'air de vouloir décourager
ceux qui me font la cour, mais que je serais
désolée qu'on ne me la fît point; que je
m'entends très bien à affoler les gens, que
je me jette volontiers à la tête du premier
venu, quitte à lui rire au nez une fois qu'il
est emballé; bref, que je suis une allumeuse
à froid (c'est son mot), et que, après tout, c'est
un assez vilain métier que je fais là; que
j'ai bien tort de mépriser les femmes qui ont
un amant, attendu que je ne vaux pas mieux
qu'elles et que je suis infiniment plus dangereuse; car elles, au moins, elles payent de
leur personne et jouent bon jeu bon argent, etc. Je commençai d'abord par rire de
cette scène ridicule; mais à la fin je perdis
patience, surtout quand il se mit à attaquer
tous mes amoureux, comme il appelait tous
les gens qui viennent le soir dans ma loge,
vous tout le premier, et enfin Destang. Vous,
encore, il ne dit trop rien sur votre compte,

mais il s'acharna sur Destang avec une telle
âpreté et une telle injustice, qu'il finit par
me révolter et que je ne pus m'empêcher de
défendre Destang plus chaleureusement que
je ne l'aurais fait sans cela, évidemment. A
ce moment, on frappa à la porte de ma loge,
et devinez qui entra? Destang lui-même. —
« Ma foi, lui dis-je, vous arrivez bien. Voilà
votre ami Lemercier qui est en train de vous
arranger comme il faut. » Je ne sais trop ce
que Destang répliqua ; mais c'était si drôle et
si bien touché, que j'éclatai de rire et que
Lemercier partit furieux presque aussitôt.
Une fois seul avec moi, Destang, sans cesser
de rire et de plaisanter, se montra beaucoup
plus pressant qu'il n'avait fait jusqu'alors. Encouragé sans doute par la pensée que j'avais
pris sa défense, il osa davantage. Il se disait
aussi que, puisque c'était le dernier soir que
l'on donnait *le Brigadier de Saint-Sauveur*
et que j'allais sans doute rester quelque
temps sans jouer, il aurait moins facilement
l'occasion de me voir, et qu'il ferait bien

par conséquent de profiter de cette dernière
entrevue. Je vous l'ai dit, il ne me déplaisait
pas ; et, hier soir, il fut si aimable et si ému
dans ses protestations, que, sans me l'avouer
encore, je sentis peu à peu que je faiblissais.
L'état d'énervement dans lequel j'étais
arrivée, et qu'avait encore accru la sortie
violente de Lemercier, m'avait laissée sans
force contre les douces paroles que Destang
murmurait à mon oreille d'une voix tendre
et suppliante. Heureusement Pellegrin, le
régisseur, vint fort à propos frapper à ma
porte, pour m'avertir que c'était à moi de
descendre en scène. Je m'échappai précipitamment des bras de Destang, qui m'avait
saisie, et descendis bien vite. Quand je
remontai après le *trois,* à ma grande surprise,
Destang n'était plus dans ma loge. J'étais
tellement convaincue que j'allais l'y retrouver, que je m'étais préparée à une défense
énergique. L'effort que j'avais dû faire pour
tenir mon rôle m'avait rendu tout mon sang-
froid, et j'étais bien décidée à ne pas laisser

Destang reprendre la conversation où il l'avait forcément interrompue. Chose étrange, j'eus comme une sorte de petite déconvenue en voyant qu'il ne m'avait pas attendue ; s'il était resté, peut-être l'aurais-je mis à la porte sans autre forme de procès ; mais, en ne le retrouvant pas, je fus comme désappointée ; je lui en voulais peut-être, sans m'en rendre compte, d'avoir rendu inutile, par le fait même de son absence, toute l'énergie dont j'avais fait provision. Il me semblait que ce monsieur avait été bien pressé de s'en aller, et que, moi, à sa place, je serais restée. Je me rhabillai lentement, d'assez méchante humeur, et descendis avec l'intention de prendre une voiture et de me faire conduire directement à la maison, mon père n'étant pas venu me chercher à la fin de la représentation comme il le faisait chaque soir. Justement, à quelques pas de la porte du théâtre, j'aperçois une voiture arrêtée. Je me dirige de ce côté, et, au moment où je vais pour demander au cocher s'il est libre,

8.

la portière s'ouvre, une main s'empare de
la mienne et cherche à m'attirer à l'intérieur
de la voiture. Plus surprise encore qu'ef-
frayée, car j'ai bientôt fait de reconnaître
Destang, je saute en arrière en essayant de me
dégager, mais il me retient par la main et
me dit : « Montez donc ! vous pouvez bien
me permettre de vous reconduire. » J'étais
très embarrassée. J'avais peur de me faire
remarquer par les passants, par mes camarades surtout, qui, d'un moment à l'autre,
pouvaient sortir à leur tour du théâtre, et qui
auraient poussé de beaux cris en me surpre-
nant dans cette situation bizarre. Mon père,
de son côté, pouvait arriver également, ce
qui eût été plus grave encore. Que faire ?
J'hésitai quelques secondes, puis, finale-
ment, je me décidai à céder à la main qui
m'attirait et à m'asseoir à côté de Destang.
Le cocher, qui avait ses ordres sans doute,
partit aussitôt au grand trot. Je me figurais
bonnement que c'était chez moi que Destang
me reconduisait ; aussi n'avais-je pas grande

inquiétude ; comptant même qu'il allait me quitter dans un petit quart d'heure et qu'ensuite je demeurerais fort longtemps sans le revoir, puisque je ne le rencontrais qu'au théâtre et que j'allais probablement rester plusieurs semaines sans jouer ni répéter, il me semblait que je ne courais aucun danger à me montrer un peu moins sévère avec lui. Je vous ai dit, du reste, contre quelle espèce d'énervement je me débattais depuis le commencement de cette soirée. Un alanguissement invincible s'était emparé de tous mes membres, et je me laissai peu à peu aller au charme enivrant des brûlantes protestations de Destang, sans m'apercevoir qu'une sorte de griserie me montait insensiblement au cerveau, m'enlevant la conscience exacte de ce qui se passait et du temps qui s'écoulait. Mes tempes battaient avec force, j'avais des bourdonnements dans les oreilles et le souffle ardent de Destang, que je sentais sur mes joues, me troublait singulièrement ; une langueur déli-

cieuse me pénétrait, il me semblait que
j'allais mourir et j'avais des envies de pleurer
sans savoir pourquoi. La voiture, en s'arrê-
tant, me réveilla brusquement; et, je dois le
dire, mon premier mouvement fut un mouvement de regret. Quoi, déjà! nous étions déjà
arrivés! Tout d'un coup, avant que je me
fusse aperçue que je n'étais pas devant chez
moi, je me sentis enlevée, plutôt que poussée,
jusque dans une maison que je ne reconnaissais pas. Il faisait nuit noire, d'ailleurs, et
tout cela se passa si rapidement, que je n'eus
ni le temps ni la possibilité de résister. Quand
je fus revenue de ma première surprise, j'étais
assise sur un divan, dans un cabinet élégant
encombré de bibelots, de vieilles tapisseries
et d'armes anciennes et modernes; à mes
pieds, Destang, tenant mes mains dans les
siennes et les couvrant de baisers ardents...
J'aurais dû appeler, me lever, me sauver, je
le sais bien; on ne prend de force que celles
qui veulent bien se laisser prendre; mais,
que vous dirai-je? toutes les émotions par

lesquelles j'étais passée au cours de cette
longue soirée avaient épuisé ce qui pouvait
me rester d'énergie. Une sorte de prostration,
physique et morale, me mettait hors d'état
de me défendre plus longtemps, me laissant
à la merci de toutes les entreprises. Bref,
à partir de ce moment, je serais bien embarrassée de vous raconter ce qui se passa.
Je crois que je finis par perdre complètement conscience de mes actes, et que je
m'endormis ensuite d'un sommeil lourd et
profond, sans avoir repris connaissance. Ce
matin, lorsque je me réveillai, je fus d'abord
je ne sais combien de temps à me rendre
compte de ce qui était arrivé : je ne me sou-
venais de rien, et ne m'expliquais pas comment je pouvais me trouver dans cette
chambre inconnue. Tout d'un coup, le jour
se fit dans mon esprit ; alors un sentiment
domina tous les autres ; une seule pensée
s'empara de moi, celle de me sauver au plus
vite. Je me levai aussitôt et m'habillai à la
hâte, en évitant de faire le moindre bruit pour

ne pas réveiller Destang ; puis, sortant de la
chambre en étouffant le bruit de mes pas, je
gagnai la porte et descendis l'escalier. Une
fois dans la rue, j'arrêtai le premier fiacre qui
passait et je me précipitai dedans. Ce fut
alors seulement, le mouvement de la voiture
aidant, qu'un peu de calme se rétablit dans
mes idées ; mais, à mesure que le sentiment
de la réalité me revenait, une angoisse poignante m'envahissait. Je me sentais mourir
de honte, en pensant qu'un homme pouvait
dire que je lui avais appartenu ; il me semblait que cela devait se voir sur ma figure,
et que je n'oserais jamais plus regarder
quelqu'un en face, mon père surtout. A la
pensée de mon père, un torrent de larmes
s'échappa de mes yeux et je me roulai en
sanglotant dans un coin du fiacre. Quoi !
c'était moi, moi, dont les pauvres parents
étaient si fiers, moi qui étais tout pour eux,
c'était moi qui leur infligeais cette honte, qui
les réduisais à ce désespoir ! Je les connaissais ; le coup que je venais de leur porter était

un coup dont ils ne se relèveraient point.
Peut-être encore ma mère m'eût-elle par-
donné! Elle était si faible, si bonne et elle
m'aimait tant! Mais mon père! avec ses idées,
son caractère! Jamais il ne me pardonnerait,
jamais il ne voudrait me revoir! Il me tuerait
plutôt, quitte à se tuer lui-même ensuite. Tout
d'un coup je songeai avec terreur que pourtant j'allais bien être forcée d'affronter sa
présence; je me précipitai à la portière et je
reconnus que nous approchions en effet de la
maison. Saisie d'épouvante, je voulus, avant
tout, reculer cette entrevue avec mon père,
qui m'inspirait une indicible frayeur. Je
baissai la vitre et criai au cocher la première adresse qui se présenta à mon esprit.
Je passai ainsi je ne sais combien d'heures
dans mon fiacre, à me promener d'un bout
de Paris à l'autre, sans pouvoir me décider à
prendre un parti. Enfin, je ne sais pourquoi,
je pensai à vous et je me raccrochai à
l'espoir que vous ne me repousseriez pas
dans mon abaissement, malgré le mal que

devait vous faire ce que j'avais à vous apprendre, et que vous ne refuseriez pas de me donner un conseil. Je n'ai plus ma tête, je ne vois plus clair autour de moi. Si vous ne venez pas à mon secours, il ne me reste qu'à m'aller jeter à l'eau. Ayez pitié de moi, dites-moi ce que je dois faire : quoi que vous me conseilliez, je vous obéirai aveuglément, je vous le promets, je vous le jure !

LUCY VERNON

Mon ami Planchut, qu'il ne faut pas confondre avec Edmond Plauchut, le rédacteur
de la *Revue des Deux Mondes* et du *Temps;*
un fort galant homme qui n'a qu'un tort, c'est
d'entrer dans une fureur bleue chaque fois
qu'il arrive aux compositeurs d'estropier son
nom; mon ami Planchut donc (P, l, a, n, Plan,
c, h, u, t, Planchut) est un de ces êtres
sceptiques et moroses, qu'on envie parce
qu'ils semblent avoir tout ce qu'il faut pour
être heureux sur la terre, fortune, situation
indépendante, santé, talent même, mais
qu'on devrait plutôt plaindre parce qu'ils ont

9

avec cela une défiance, un mépris de tout
le monde et d'eux-mêmes, qui rendent absolument inutiles et stériles les dons inappré-
ciables qu'ils ont reçus de la nature. Si
encore ils se contentaient de garder pour
eux ce dégoût universel, ce cynisme cruel
et décourageant, pour lui donner son vrai
nom! Mais point. Ils paraissent prendre
un malin plaisir, au contraire, à vous enlever, les unes après les autres, les écailles
dorées qui vous laissaient voir la pauvre
humanité sous des couleurs un peu moins
tristes. S'il vous arrive de rencontrer Planchut sur le boulevard des Italiens, au moment où vous saluez une dame de vos
amies, qui va faire un tour au Bois dans sa
victoria :

— Qu'est-ce que c'est encore que cette
dame-là? vous demande-t-il. Elle est jolie!
dites donc, mes compliments!

Et, comme vous protestez avec indignation, disant que c'est la plus honnête femme
du monde.

— Vous m'amusez toujours, vous, avec
vos honnêtes femmes, reprend-il. D'abord il
n'y a pas une femme honnête, ça n'existe
pas. De toutes vos honnêtes femmes, vous
m'entendez bien? il n'en est pas une seule
dans laquelle il n'y ait de la fille. Je vous le
prouverai mathématiquement, quand vous le
voudrez.

Et, le plus triste, c'est qu'il le fait comme
il le dit. Il a toujours à vous raconter une
histoire authentique, arrivée, indiscutable,
où la femme joue un rôle tout à fait désobli-
geant. Aussi, du plus loin que j'aperçois cet
homme terriblement pratique, je fais un
grand détour pour l'éviter; car, chaque fois
qu'il m'arrive de causer dix minutes avec
lui, je suis plus de huit jours avant de pouvoir approcher d'une femme quelconque sans
un serrement de cœur.

— Vous connaissez H...? me dit-il l'autre
jour. C'est non seulement un homme de l'esprit le plus fin et le plus délicat, c'est aussi
le plus aimable et le plus bienveillant des

moralistes. Eh bien, un des mots les plus durs qui aient été dits contre les femmes, n'est-ce pas celui-ci, qui est d'H... : *La femme n'a ni goût ni dégoût?* — Vous qui poussez le respect des femmes jusqu'à la superstition, avez-vous jamais entendu, ou lu, quelque chose qui vous ait fait passer dans le dos un frisson plus désagréable? Et il n'y a pas à dire, cette fois; impossible de regimber sous la férule. Réfléchissez un peu. Fouillez dans vos souvenirs si vous l'osez, ou regardez tout simplement autour de vous. Je vous défie, au bout d'un instant, de ne pas conclure, si vous voulez être sincère, par un. « Au fait! c'est bien possible! » Tenez, moi, j'avais une petite amie que j'adorais, toute jeune, toute naïve...

Et voilà mon ami Planchut parti à me raconter une de ces histoires absolument navrantes, qui vous laissent après elles une rancœur amère, comme ces fruits exotiques dont l'âcre parfum vous reste aux lèvres longtemps après que vous y avez goûté.

— Ce n'est pas moi non plus, me disait encore ce maudit homme, ce n'est pas moi qui l'ai inventée, cette formule terriblement désolante, que vous serez bien forcé d'accepter, votre cœur dût-il en saigner : *La femme a moins de pudeur que l'homme, surtout si elle est belle!* C'est le docteur Lasègue, un homme d'une certaine valeur, n'est-ce pas? et peu suspect en pareille matière. Et maintenant, fermez les yeux, bouchez-vous les oreilles, vous n'empêcherez pas ce qui est, et je ne vous donne pas cinq minutes pour convenir que le docteur Lasègue avait raison.

» C'est comme le peu de fonds que vous pouvez faire sur la parole d'une femme! voilà une chose que le sceptique le plus désenchanté, le plus désillusionné, ne saura jamais apprécier complètement. La femme ment naturellement, sans effort, avec une assurance et une simplicité inouïes, la plupart du temps même avec une sorte d'impudeur inconsciente. Très souvent aussi, elle sait

qu'elle ment, mais elle le fait sans y attacher
aucune espèce d'importance ; la preuve, c'est
qu'elle ment à chaque instant sans nécessité,
parfois contre son véritable intérêt. Elle
ment avec passion, avec volupté ; elle ment
pour le plaisir de mentir ; et, chose bizarre,
elle n'en a pas moins la rage d'affirmer cent
fois par jour que jamais elle ne ment, qu'elle
n'a jamais menti.

» C'est au théâtre qu'il faut voir cela.
J'adore les femmes de théâtre, ou plutôt, je
les ai longtemps adorées ! Eh bien, si vieux
renard que je sois, il n'est pas d'ingénue, à
son premier engagement, qui ne m'ait
découvert, au moment où je m'y attendais le
moins, des profondeurs de fourberie et de
duplicité, à donner le vertige. Et ce n'est
pas là encore ce que cette espèce très particulière de femmes, la plus attrayante peut-
être et la plus dangereuse de toutes, offre
de plus caractéristique. Tenez, laissez-moi
vous raconter l'histoire d'une des grandes
passions de ma vie, une histoire pas très

gaie, pas très consolante, mais instructive,
et qui m'a guéri, pour quelque temps, des
femmes de théâtre.

» Vous avez connu la grande Lucy
Vernon, qui a été au Gymnase, à la Porte-
Saint-Martin, un peu partout? Vous la connaissez peut-être encore? Car elle est toujours jolie. Il y a dix ans, quand elle a
débuté, elle était adorable. Avec cela, un
certain talent et beaucoup d'esprit. Elle avait
passé par le Conservatoire, classe de
Bressant; c'est vous dire que, bien qu'elle
fût restée sage, elle n'en avait pas moins
perdu cette fleur d'innocence, ce velouté
délicat, impalpable, qui n'est pas sans
charme, je l'avoue, surtout quand on est soi-
même extrêmement jeune. Elle n'en était,
du reste, que mieux armée pour se défendre
en entrant dans la vie ; car, du premier jour,
elle sut comprendre admirablement ce que
valaient et ce que lui voulaient tous ces
beaux fils qui faisaient queue chaque soir
dans le couloir de sa loge pour lui offrir

l'hommage, plus empressé que désintéressé,
de leur admiration. Aussi, et bien qu'elle
fût absolument libre de sa personne, qu'elle
n'eût auprès d'elle ni père ni mère pour la
retenir, ou pour la conseiller, il fut clair pour
moi, dès la première fois que je la vis, que,
quand elle prendrait un amant, elle saurait
parfaitement ce qu'elle ferait. Je n'étais déjà
plus un bachelier à ce moment-là, et j'avais
déjà mes petites théories sur l'amour et sur
les femmes. Et bien, mon cher, arrangez cela
comme vous voudrez, je fus pris, du premier
jour, par une de ces passions furieuses qui
rendent, en un rien de temps, l'homme le
plus fort capable de toutes les faiblesses,
de toutes les lâchetés. Je me mis à faire à
ma belle une cour insensée, absurde, la suivant partout dans sa vie, comme un chien,
et souffrant le martyre sans sourciller, le
sourire sur les lèvres. Cela dura pendant plus
d'un an; pendant plus d'un an, elle me pesa
moralement, physiquement, financièrement,
comme elle pesait dans sa jolie main, au

Louvre, les dentelles que lui offrait la première demoiselle ; pendant plus d'un an, elle me tourna dans son esprit, sans le moindre souci des tortures abominables qu'elle me faisait endurer. Enfin, un beau jour, un beau soir, si vous le voulez, elle céda, et je fus *le plus heureux des hommes.*

» Le plus heureux ! Ce fut à partir de ce jour-là, mon cher, que commença mon véritable supplice. J'avais été bien réellement, bien profondément, malheureux pendant mon année de... stage. Les incertitudes continuelles où elle m'avait laissé me débattre m'avaient cruellement fait souffrir. Eh bien, ce n'était rien, mais rien du tout, à côté de ce que me réservait l'avenir.

» Il n'y avait pas huit jours que j'étais *au comble de mes vœux,* que je regrettais déjà positivement ces longs mois d'angoisses sans cesse renaissantes. Au moins, dans ce temps-là, j'avais toujours l'espoir qu'un jour ou l'autre mes souffrances prendraient fin. Ce rêve, qui s'enfuyait incessamment

9.

devant moi, je pouvais espérer qu'il finirait par se laisser atteindre ; et, si faible que fût cette espérance, elle suffisait pour me soutenir et me donner le courage d'avaler les nichées de couleuvres que me prodiguait mon enchanteresse.

» Ce n'est pas que Lucy Vernon ne fût point toujours la plus adorable des créatures qu'un dieu vengeur eût fabriquée de toutes pièces pour le plus grand châtiment des cœurs trop sensibles. Au point de vue purement artistique ou plastique, ma divinité n'avait rien perdu à se dépouiller de ses voiles.

» Quant à l'affection que je pouvais lui inspirer, je ne me suis jamais fait beaucoup d'illusions sur ce point. J'étais son meilleur ami, me répétait-elle souvent, j'étais la personne qu'elle aimait le mieux au monde, et peut-être disait-elle vrai. Mais quelle singulière façon elle avait d'aimer ceux qu'elle aimait le plus !

» Tout d'abord, je la voyais à peine ; je

l'avais à moi aussi peu que possible. Jamais
elle ne venait quand elle avait promis de
venir ; ou, quand elle arrivait enfin, après
m'avoir fait attendre des heures, son premier mot, c'était toujours : « Vous savez, je
» n'ai que cinq minutes. Il faut que j'aille
» chez ma couturière. Elle vient encore de
» me rater mon corsage. Aussi je vais la
» secouer de la belle façon. »

» Ah! cette couturière, elle n'a jamais su
combien de fois je l'ai maudite!

» Quand ce n'était pas sa couturière,
c'était un camarade qui l'attendait en bas,
dans la voiture. Elle l'avait rencontré au
théâtre après la répétition, et, comme il
allait justement de son côté, elle lui avait
offert de l'emmener et de le déposer où
il avait affaire. Naturellement il avait accepté,
il n'était pas fâché de faire sa course sans se
fatiguer ; et ce n'était pas avec ce qu'il
gagnait au théâtre qu'il pouvait se payer des
voitures, n'est-ce pas?

» Seulement, elle ne pouvait pas rester, je

devais comprendre que ce garçon se doute-
rait de quelque chose ! Avec cela qu'ils
étaient si mauvaises langues au théâtre !

» Ça, les camarades, j'y étais préparé, j'en
avais fait mon deuil. Je savais que, quand
on aime une femme de théâtre, il faut se
bronzer à l'avance sur certaines exigences
du métier; qu'il faut prendre son parti de
voir l'idole serrée tous les soirs sur la maigre
poitrine de l'amoureux, ou baisée sur les
cheveux par le père noble, et cela sous le
feu des lorgnettes des avant-scènes, de
l'orchestre et du balcon; sans parler des
familiarités, bien autrement... tangibles, des
coulisses.

» Mais on a beau s'y attendre, on a beau se
raisonner, ça n'en est pas moins infiniment
désagréable.

» On a beau se dire que, vus de près, en
déshabillé, ces héros de la perruque
Louis XV ou du pourpoint à crevés ont
bientôt fait de perdre toute espèce de
prestige ; et que le meilleur moyen de guérir

les jeunes personnes sentimentales, follement
éprises d'un tenorino d'opérette, serait de
leur montrer l'irrésistible vainqueur, cinq
minutes après la chute du rideau, au moment où il a dépouillé tout le coton de son
maillot et lavé les roses de ses joues.

» On a beau se répéter, sur tous les tons,
qu'il n'est point d'illusions, si chevillées
qu'elles fussent, qui pussent résister à cette
sorte de cohabitation, dans laquelle les
artistes des deux sexes vivent les uns avec
les autres, pendant de longues heures ; au
spectacle quotidiennement renouvelé de certains petits mystères de toilette, peu affrio-
lants, complaisamment étalés sous le bec de
gaz des loges et des couloirs.

» Malgré cela, malgré tous ces beaux rai-
sonnements, il faut un *fier estomac* pour faire
bonne contenance, en voyant la bien-aimée
tutoyée sans la moindre façon par le dernier
des cabots de la troupe, et rendant tutoiement
pour tutoiement avec tranquillité.

» Et je ne parle point des interminables

séances dans le cabinet de mon « directeur »,
quand il s'agit d'enlever le renouvellement
d'un engagement à des conditions « un peu
moins ridicules », ou, plus simplement
même, un changement dans le costume du
deux.

» Ni des visites à « mon cher auteur » pour
obtenir qu'il ajoute à « notre » rôle un
nombre raisonnable de « béquets », ou tout
au moins qu'il nous laisse faire quelques
« effets » de plus;

» Ni des tournées de l'après-midi dans les
bureaux de rédaction des journaux; ou de
celles du matin, à l'heure du déjeuner, chez
les critiques influents, à la veille des premières, surtout. Il faut bien avoir une bonne
presse, n'est-ce pas? D'ailleurs, tout le monde
le fait. Pourquoi ne pas faire comme tout le
monde?

» Eh bien, cela n'est rien encore; vous
entendez? Avec une forte dose de confiance,
une très forte dose, on peut encore s'y rési-
gner, patienter au moins.

» Mais le véritable supplice, celui qui est au-dessus des forces humaines, c'est de ne jamais pouvoir entamer complètement ces natures spéciales d'artistes, que le souci égoïste de leur théâtre absorbe uniquement. Il les occupe et les possède à l'exclusion de tout autre sentiment, et les poursuit jusque dans les moments où vous seriez fondé à croire, non sans quelque apparence de raison, qu'elles l'ont oublié avec bien d'autres choses ; il empoisonne, comme la plus lancinante des obsessions, les courtes minutes d'intimité que vous avez payées d'une si longue attente.

» Tenez, un jour, à force de prières, j'avais obtenu que nous irions dîner tête à tête à la campagne, je ne sais plus où. Ce n'avait pas été sans peine, comme vous pensez. Mais enfin, j'étais parvenu à enlever la chose, et, pour la première fois peut-être, Lucy n'avait point manqué à sa parole. Elle était adorable ! Je la vois encore. Elle avait une toilette neuve, qui lui allait divinement. Je nageais en plein quatrième ciel et me promettais une soirée exquise. Hélas! dès le potage, la voilà qui se met à entamer toute une série de récriminations, à propos d'un rôle ridicule qu'on venait de lui distribuer dans une pièce nouvelle.

» Elle n'avait pas signé son engagement, disait-elle, pour jouer des panoufles ! Elle résilierait plutôt. Ce n'était pas les 30,000 francs de son dédit qui l'arrêteraient. D'ailleurs, elle n'était pas embarrassée. Koning lui avait écrit. Elle n'avait qu'un mot à dire, et c'était fait. Oh! mais non, elle ne resterait pas dans une boîte pareille !...

» J'avais beau abonder lâchement dans son sens, affecter même une indignation plus vive encore que la sienne, avec le vague espoir que, sa colère suffisamment évaporée et le sujet qui l'irritait si fort enfin épuisé, nous pourrions en aborder ensuite un autre qui me tenait beaucoup plus au cœur : je ne gagnai pas grand'chose à cette savante manœuvre.

» La croyant quelque peu calmée, je ris-
quai timidement une première escarmouche,
en lui faisant compliment de sa belle mine et
de sa jolie toilette :

» — C'est entendu, mon ami, me dit-
» elle. Je suis très bien aujourd'hui. Si vous
» croyez qu'on ne me l'a pas déjà dit ! »

» Et, tout de suite, sans la moindre tran-
sition, elle revint à ce malheureux rôle.

» On n'avait jamais vu, disait-elle, une
pièce aussi idiote que cette nouvelle pièce.
Pas une situation, pas un effet, rien, rien !
C'était à se demander où on avait été chercher un pareil ours ! Il n'y avait donc plus
d'auteurs, à présent ? Du reste, on ne ferait
pas un sou ; on n'irait pas à la dixième. Et ce
serait bien fait, cela apprendrait à cet imbécile de directeur à recevoir des pièces un peu
moins stupides.

» Je lui promettais alors d'aller voir Du-
mas, Sardou, Gondinet, que je connaissais
un peu ; de les faire dîner avec elle et d'obtenir d'eux qu'ils lui écrivissent un rôle tout

exprès. Elle m'écoutait distraitement, sans rien dire, pendant que je lui baisais les mains; puis, tout d'un coup, au moment où je me figurais qu'elle commençait à se laisser attendrir, elle repartait avec violence, comme si elle n'eût point entendu un traître mot de ce que je venais de lui dire.

« — Oh! tout cela, je sais bien d'où ça
» vient! On veut me dégoûter du théâtre.
» Parfaitement! On veut que je m'en aille,
» que je cède la place à Gabrielle Verteuil,
» une simple grue, une rien du tout, une
» vilaine fille qui est la maîtresse de tout
» le monde! Si encore elle avait du talent!
» mais elle n'en a pas pour un sou? Et point
» jeune avec cela! »

» Toute la soirée, il en fut ainsi. Chaque fois que j'essayais désespérément de ramener la conversation sur moi, sur mon amour, Lucy me regardait vaguement, me laissant embrasser les mèches folles de son cou sans me repousser; puis, brusquement, elle enfourchait son éternel dada, me faisant brutale-

ment retomber du haut du rêve que je commençais à caresser complaisamment.

» J'en ris maintenant. Mais je vous prie
de croire que, sur le moment. cette partie de
propos interrompus n'avait absolument rien
de régalant.

» Voilà, comme je vous le disais, le véritable supplice que vous réserve l'amour d'une
femme de théâtre ; j'en connais peu qui
soient comparables à celui-là.

» Et voilà le supplice que je subis presque
tous les soirs, pendant près d'une année, et
que sans doute j'aurais subi plus longtemps
encore, si des circonstances tout à fait indé-
pendantes de ma volonté n'avaient brusqué
le dénouement de notre liaison, que jamais
peut-être je n'aurais eu le courage de rompre
moi-même.

» Il y a longtemps de cela, plus de dix ans !
Depuis, j'ai aimé d'autres femmes, qui m'ont
fait connaître d'autres variétés de souffrances ; j'ai été aimé — peut-être, et j'ai été
trompé — certainement. Enfin, j'ai passé par

toutes les émotions, par toutes les sensations qu'un homme de mon âge peut souhaiter ou redouter dans la vie; eh bien, mon cher, aucune de ces émotions, aucune de ces sensations ne m'a laissé après elle une terreur aussi inoubliable que le souvenir de mes amours avec Lucy Vernon. »

TOUTES LES MÊMES

1

Une autre fois, je me laissai encore pincer (c'est toujours Planchut qui parle). Quand
je m'en rendis compte, il était déjà trop tard, et
je n'essayai même pas de me raidir contre le
courant qui m'entraînait irrésistiblement.

C'est toujours ainsi, du reste : tant qu'il
s'agit d'un autre, on plaisante, on hausse les
épaules, on n'a pas assez de sarcasmes pour
ces entraînements de la première heure, ces
coups de foudre contre lesquels la volonté

ne peut rien ; et, le jour où l'on est soi-même
attaqué, on baisse immédiatement pavillon,
avec une lâcheté absolue.

Je mis toute mon intelligence à bâtir les
plus ingénieuses combinaisons pour me
trouver sur le chemin de Marthe L... pour
pénétrer peu à peu dans sa vie. La première
fois que la porte de sa loge s'ouvrit pour
moi, j'eus un battement de cœur ridicule
et, lorsque, après un mois de visites, distan-
cées avec une discrétion savante, je crus
m'apercevoir qu'elle commençait à m'accueillir par un sourire un peu moins banal que
le commun de ses innombrables adorateurs,
je me sentis pâlir, et mes jambes se dérobè-
rent sous moi comme si j'allais tomber.

A partir de ce jour-là, il n'y eut pas une
soirée, quelles que fussent d'ailleurs mes
occupations, où je ne trouvasse le moyen
d'aller passer une heure à son théâtre. J'arrivais ponctuellement entre dix heures et dix
heures et demie ; et, gagnant l'escalier qui
mène aux loges des artistes d'un pas que je

cherchais à rendre indifférent, j'entrais chez
elle en cachant mon émotion du mieux que
je pouvais. Je m'asseyais dans un coin, à
côté de la porte, me faisant tout petit, et je
restais là sans rien dire, ne demandant qu'à
me laisser oublier et me contentant de la
regarder, de me griser de sa présence et de
sa beauté, pendant que les camarades, les
auteurs, les visiteurs chargés de boîtes de
bonbons ou de bouquets, entraient et sortaient comme à la procession.

Parfois je me disais bien, en voyant Marthe
accueillir un nouveau venu avec les mêmes
sourires qu'elle avait pour moi, presque avec
les mêmes paroles : « C'est une simple
coquette, elle n'aime et n'aimera jamais personne ; je me casse le nez contre une porte
qui est murée. » Et je partais découragé, me
jurant tout bas de ne point revenir, de ne
pas la revoir.

Le lendemain, je revenais, tendant piteuse-
ment le cou au-devant du licol.

Marthe ne voyait rien, ne s'apercevait de

rien : à moins cependant, ce qui était bien possible, que rien ne lui échappât au contraire, sans que je m'en doutasse. J'avais pourtant passé l'âge de la naïveté ; mais, en pareille matière, l'expérience laborieusement acquise n'est qu'un mot vide de sens ; j'avais une taie sur les yeux, qui m'empêchait de voir clair en plein jour.

Et puis, Marthe possédait si admirablement son métier de jolie femme ; elle savait si bien trouver ces mots, insignifiants en apparence et qui, dits d'une certaine façon, suffisaient à me retenir au moment précis où, désespéré, j'allais me dérober.

Ce fut un jour précisément que, révolté des attentions qu'elle accordait devant moi à un jeune homme assez joli garçon, fort élégant de sa personne, mais parfaitement nul et imbécile, j'avais eu la velléité de secouer ce joug devenu insupportable, qu'elle m'adressa, pour la première fois, une parole qui avait l'air d'un encouragement, sinon d'un engagement.

— Cela ne vous fatigue pas, lui avais-je demandé d'un ton gouailleur qui cachait mal le trouble de mes idées, d'être adorée tant que cela ? Il est vrai que la grande habitude... Au fond, cela doit vous être absolument égal ?

— Mais non, mais non, je vous assure ; pas si égal que vous vous le figurez.

— Allons donc ! vous voulez me persuader que tous ces gens qui vous font la cour...

— Tous ! Non. Je distingue. Il y en a, dans la quantité, que je ne confonds pas avec les autres.

— Il y en a...? commençai-je d'une voix étranglée.

— Vous, par exemple.

— Moi ?

— Vous ! oui vous ! Je sais depuis longtemps que je ne vous déplais pas. Eh bien, soyez heureux ; si vous veniez à ne plus m'aimer, il me semble qu'il me manquerait quelque chose.

10

— Alors, murmurai-je, sans trop savoir ce que je disais, vous ne trouvez pas mauvais, vous permettez, que je vous aime?

— Avec cela que, si je ne vous le permettais pas, vous ne seriez pas homme à vous passer de la permission!'

— Et... vous ne me défendez pas, non plus, d'espérer?

— Peut-être!

Tout cela ne voulait pas dire grand'chose. Il n'en fallut pourtant pas davantage pour que je partisse ce soir-là avec le paradis dans le cœur, comme disent les bonnes gens.

Le lendemain soir, j'arrivai au théâtre, plein de confiance et d'espoir : à mon extrême surprise, Marthe se montra la même exactement que s'il ne s'était rien passé la veille entre nous. Le vent avait tourné. Et je recommençai à remonter mon rocher, le cœur torturé d'angoisse.

Cela dura ainsi je ne sais combien de temps, et je ne vous dirai point par quelles

cruelles alternatives d'espoirs et de décou-
ragements, de joies délicieuses et de déchi-
rements sans nom, je passai successivement.
Je connus tour à tour, et quelquefois coup
sur coup, les moments de détente délicieuse
où le but si ardemment rêvé semble tout
près de vos lèvres, et les heures sombres,
où l'on songe à se tuer pour en finir, puisqu'on n'a pas le courage de sortir autrement
d'une situation sans issue.

Un soir qu'après bien des duretés sans
motif Marthe s'était montrée un peu plus affectueuse, j'eus le courage de lui demander de
prendre un parti, par charité, et de me dire,
en toute franchise, si, oui ou non, elle
serait jamais à moi.

— Pas maintenant, plus tard! me dit-elle.

Et je dus me contenter de cette réponse,
qui promettait tout et qui ne promettait rien.

Enfin, à bout de forces, je me décidai à
rompre brusquement. Je sentais que, si ce
supplice sans cesse renaissant ne prenait
pas fin d'une façon ou d'une autre, j'allais

devenir fou. Je pris une résolution héroïque,
et, sans m'en ouvrir à personne, à Marthe surtout, je fis des démarches très discrètes,
mais très actives, pour me faire attacher à
une mission qu'on envoyait aux îles Philip-
pines. Comme cela, le jour où je serais
nommé, bon gré mal gré, il me faudrait bien
partir, et ma chaîne, ma chaîne si solidement rivée, à laquelle je n'aurais jamais pu
m'arracher, se trouverait rompue sans espoir
de retour.

Mes démarches eurent un prompt succès ;
j'appris bientôt officieusement que ma nomination était à la signature du ministre,
et que je pouvais, dès à présent, faire mes
préparatifs de départ. Je résolus de trancher
dans le vif, et de partir immédiatement sans
retourner au théâtre. J'écrirais du Havre,
au moment de m'embarquer, ou même une
fois arrivé à mon poste.

Ceci bien arrêté dans mon esprit, je fis
mes malles. Jusqu'au dernier moment, je
tins bon et gardai mon secret.

Enfin, la veille de mon départ, quand vint l'heure à laquelle j'avais l'habitude d'aller au théâtre, je sentis soudain un besoin impérieux, irrésistible, de revoir cette femme une fois encore.

— Bah! me dis-je, puisque je pars, puisque c'est irrévocable!

Après avoir lutté quelque temps, je cédai lâchement et sautai dans une voiture, en disant au cocher de fouetter son cheval.

Naturellement, j'étais fort ému en arrivant, et je tremblais qu'elle ne vît mon émotion.

Elle ne fit point mine de s'en apercevoir et me laissa venir, sans même s'informer pourquoi elle ne m'avait point vu depuis quelques jours.

Je parlai enfin et, tout d'une haleine, je lui annonçai à la fois et ma nomination et mon départ pour le lendemain.

Elle m'écouta sans m'interrompre, sans témoigner la moindre surprise, tout en continuant à *faire sa figure* devant la glace de sa table-toilette, et me dit, en se passant le

10.

bâton de rouge végétal sur les lèvres.

— Vous m'aimiez donc vraiment? C'était donc une vraie passion?

— Comment pouvez-vous me faire une pareille question? lui dis-je.

— Sérieusement, c'était de l'amour?

— Hélas! oui, trop sérieusement.

Se retournant alors brusquement avec un mouvement qui fit tomber le peignoir garni de dentelles qui lui couvrait .es épaules, Marthe se leva toute droite, et, me prenant la tête entre ses bras nus, elle tendit ses lèvres au-devant des miennes, en murmurant à mon oreille :

— Quand vous voudrez!

II

— Samedi, m'avait dit Marthe, je vous le promets! Je viendrai samedi.

Elle ne vint point, et, le lendemain soir,

quand je la vis au théâtre, elle me dit tranquillement, comme si elle ne pouvait se
douter que je l'avais attendue trois heures,
trois siècles, en me rongeant les poings jusqu'aux ongles :

— Je n'ai pas pu hier. J'avais des courses
à faire !

Puis, comme je ne pouvais dissimuler un
mouvement de fureur :

— Vous êtes gentil encore ! continua-
t-elle, de son même ton, égal et calme. Moi
qui justement voulais vous offrir mercredi !

— Mercredi ! mercredi ! répondis-je avec
humeur, ce sera comme hier. Vous ne vien-
drez pas davantage.

— Vous doutez de ma parole, maintenant?
Du reste, si vous n'y tenez pas...

— A mercredi donc ! Mais, cette fois, je
vous en prie, tâchez de ne pas avoir de
courses.

— Vous pouvez compter sur moi. Je suis
absolument décidée.

Et, disant cela, elle avait véritablement

l'air de quelqu'un qui a pris un parti irrévocable.

Le mardi, dans la soirée, je reçus un
télégramme. Marthe répétait le lendemain, et
ne serait pas libre de toute la journée. De
regrets, d'excuses, pas un mot. Elle signait
simplement : « Votre amie dévouée. »

J'étais furieux, et, dans ma fureur, je
décidai qu'une rupture définitive serait moins
douloureuse que ces atermoiements perpé-
tuels, ces promesses, ces engagements invariablement suivis de la plus cruelle déception.

Naturellement, quand je revis Marthe trois
ou quatre jours après, ma belle colère s'é-
vanouit en fumée et mes courageuses réso-
lutions s'en allèrent à vau l'eau.

Vous croyez qu'elle prit seulement la peine
de s'excuser, qu'elle me donna la moindre
explication ? En aucune façon.

J'essayai tout d'abord, en me raccrochant
désespérément au peu de sang-froid que
j'avais gardé, de ne pas lui demander un

nouveau rendez-vous, comptant qu'elle m'en
offrirait peut-être un d'elle-même.

Mais, comme elle parlait de tout, excepté
de cela, et que je voyais approcher le
moment où elle allait me quitter pour descendre en scène, j'eus la lâcheté de ramener
la conversation, par un détour savant, vers
le point qui m'intéressait par-dessus tout.

Marthe s'amusa quelque temps à se dérober, en feignant de ne pas comprendre ; puis,
comme, à bout de patience, je la mettais
enfin au pied du mur,

— Des reproches ! une scène ! s'écria-
t-elle. Ah bien, non, j'aime mieux m'en aller
tout de suite, alors !

Et ce fut moi qui dus lui demander pardon !

Cela dura des semaines, des mois entiers.
Vingt fois Marthe me donna rendez-vous, en
me fixant elle-même le jour et l'heure, et
toujours en jurant qu'elle n'y manquerait
point. Et vingt fois elle y manqua.

Hier soir enfin, j'eus un éclair d'énergie,

que je ne m'explique pas encore, et je lui dis
ceci textuellement :

— Écoutez, ma chère Marthe, vous comprenez que je désire en finir, n'est-ce pas?
De deux choses l'une : ou vous vous mo-
quez de moi, et tous ces rendez-vous que
vous m'avez donnés, ces promesses sans
cesse accordées et sans cesse oubliées, tout
cela n'est qu'une pitoyable comédie indigne
de nous deux; ou bien vous étiez sincère
en me jurant que vous seriez à moi, et
alors c'est ma personne qui vous éloigne.
Avouez-le, au moins. J'aime mieux tout
que cette incertitude où vous me laissez
depuis si longtemps. Dites une bonne fois :
« Eh bien, non, je ne peux pas, c'est plus
fort que moi. Restons amis, amis seulement, voulez-vous? » Dites cela. Je souf-
frirai cruellement, puisque je vous aime
et que je ne peux pas ne pas vous aimer.
Mais, du moins, je n'aurai pas le cœur
torturé par ces angoisses de tous les instants, ni l'esprit hanté par des pensées de

méfiance et de soupçon, qui me désolent et me tuent!

Savez-vous ce qu'elle me répondit? Elle ne me répondit rien. Je comptais presque qu'elle allait me dire, avec cette indifférence glaciale qui me faisait tant de mal : « Comme il vous plaira! » Non, pas même cela. Elle ne desserra pas les dents, comme si elle n'eût rien entendu.

Exaspéré par ce silence, j'éclatai et dis :

— Mais, enfin, je ne l'ai pas rêvé, vous m'avez promis d'être à moi quand je le voudrais! Vous me l'avez dit en toutes lettres!

Marthe se leva alors et, me regardant bien en face, les yeux dans les yeux, elle me répondit froidement :

— Moi, mon cher ? je n'ai jamais dit cela!

DANS LE MONDE

J'ai entendu bien souvent, comme tout le monde, discuter devant moi quelle était la meilleure façon d'élever les jeunes filles, s'il valait mieux les laisser le plus longtemps possible dans l'ignorance complète des surprises brutales que leur ménageait la vie, ou si, au contraire, il n'était pas plus sage de les y préparer discrètement et lentement, dès que leur imagination commençait à s'éveiller.

En pareille circonstance, je laisse chacun parler à son tour, mais je ne dis jamais rien. Et pourtant, si je voulais, il me serait facile,

à moi aussi, de placer mon mot, et un mot
sérieux, dans la discussion. Je n'aurais qu'à
raconter ce qui m'est arrivé quand je n'avais
encore que seize ans.

J'avais été élevée, qaunt à moi, pour entrer au couvent plutôt qu'au théâtre. Mes
parents, gens très simples vivaient entre eux
dans une intimité que je ne me souviens pas
d'avoir jamais vue troublée par le moindre
nuage. Extrêmement réservés dans leur
façon d'être, jamais ils n'auraient laissé
prononcer en ma présence, je ne dis pas le
moindre propos malsonnant, mais la plus
légère plaisanterie à double entente. En
outre, il se trouva, par bonne fortune, que
je n'avais autour de moi ni petit cousin pour
éveiller mon esprit à de précoces curiosités,
ni amie impatiente de se marier pour me
troubler par d'indiscrètes confidences.

Aussi étais-je arrivée à l'âge de seize ans
avec la conviction irraisonnée que tous les
hommes étaient honnêtes, sincères, excellents comme mon père, et toutes les femmes

de saintes et dignes femmes comme ma mère.

Mais si, au point de vue moral, j'étais restée une enfant, physiquement j'avais toute l'apparence d'une femme, et, assurait-on, d'une très jolie femme.

Aussi, lorsque mes parents commencèrent à m'emmener avec eux dans le monde, eus-je beaucoup de succès auprès de mes danseurs, ce qui ne laissa pas de me rendre très satisfaite, et très fière de ma petite personne.

Les Deremberg, chez qui nous allions en soirée tous les lundis, étaient d'anciens négociants très riches et très considérés. Le mari surtout inspirait du premier coup d'œil la confiance et le respect. C'était un beau vieillard, très vert encore et très soigné de sa personne, un vrai *gentleman*, le type de la *respectability*, comme disent les Anglais.

Pendant la belle saison, les Deremberg habitaient une jolie propriété près de Compiègne, appelée la Nivette, où ils recevaient beaucoup. Nous fûmes invités à y aller passer une semaine, et mes parents, très heureux de me donner cette distraction, acceptèrent avec empressement.

Nous étions, en effet, dans une situation de fortune beaucoup trop modeste pour courir les villes d'eaux ou les plages à la mode; et, d'ailleurs, mon père, retenu à Paris par ses affaires, ne pouvait guère s'absenter plus de quelques jours.

J'étais personnellement très flattée de mener cette vie de château, dont j'avais entendu parler si souvent. Les maîtres de la maison me traitaient comme leur enfant et me gâtaient à plaisir : il n'y avait pas d'attentions que M. Deremberg surtout n'eût pour moi ; il choisissait lui-même les plus belles roses de ses corbeilles pour m'en faire des bouquets de corsage.

Je ne m'étais jamais vue à pareille fête; aussi cette semaine se passa-t-elle avec une rapidité beaucoup trop grande, au gré de mes désirs.

La veille de notre départ, le temps s'étant
rafraîchi après dîner, on rentra de bonne
heure au salon, et on fit de la musique.

Il y avait avec nous, à la Nivette, une
jeune fille, qui était très bonne musicienne.
Pendant qu'elle chantait, accompagnée au
piano par sa mère, M. Deremberg vint s'asseoir à côté de moi sur un petit canapé
Louis XVI, où l'on ne pouvait tenir que
deux.

Ma mère était assise à quelques pas, à côté
de madame Deremberg. Quant à mon père,
il était resté dans le parc, à fumer.

M. Deremberg, se penchant alors de mon
côté, se mit à me parler à l'oreille, en bais-
sant la voix, pour ne pas couvrir celle de la
chanteuse. Il commença la conversation sur
ce ton d'aimable familiarité qu'il avait toujours avec moi ; puis, peu à peu, il accentua
son amabilité, me faisant compliments sur
compliments. J'étais tout à fait en beauté,
me disait-il. Jamais il n'avait été frappé,
comme ce soir-là, du charme qui se déga-

geait de toute ma personne ; jamais il n'avait
encore remarqué à ce point combien il était
difficile de m'approcher sans être troublé par
mes grands yeux noirs. Puis, se penchant
encore davantage vers moi, il me dit brusquement :

— Savez-vous ce que c'est qu'un chèque,
mademoiselle ?

Bien que mon père s'occupât surtout d'affaires de Bourse et de finance, j'avais une
idée très vague de ce que ce pouvait être et
je confessai naïvement mon ignorance.

— Eh bien, reprit-il, un chèque, ma belle
enfant, c'est un petit bout de papier sur lequel je n'aurais qu'à signer mon nom au-
dessous du vôtre, en écrivant un chiffre
quelconque, cinquante mille francs, par
exemple. Vous mettriez ce chiffon de papier
dans votre poche, et, le jour où il vous
plairait de l'échanger contre cinquante billets de mille francs, vous n'auriez qu'à vous
présenter au guichet d'une caisse ou d'une
autre, derrière lequel un monsieur très poli

vous compterait votre argent, en vous faisant un grand salut. Voilà ce que c'est
qu'un chèque ! Une jolie invention, n'est-ce
pas ?

J'avouai, sans penser à mal, que cela me
paraissait fort commode.

Revenant alors sur ce sujet :

— Cinquante mille francs, dit-il, c'est
une somme. Cela représente pas mal de ca-
prices, de jolies toilettes. On paye bien des
petites dettes avec cinquante mille francs.
On peut obliger ses amis par-dessus le marché, et même, quand on aime les voyages,
on peut se passer la fantaisie de voir du
pays.

Nous étions fort loin d'être riches, je vous
l'ai dit ; et, les affaires de Bourse allant assez
mal depuis quelque temps, je m'étais très
bien aperçue, quoique mon pauvre père fît
tout pour nous le cacher, qu'il se trouvait
souvent gêné. Aussi, malgré moi, en entendant les paroles de M. Deremberg, la réflexion me vint à l'esprit qu'une pareille

somme, tombant au milieu de nos embarras,
serait en effet la bienvenue. Ma pensée
n'alla pas plus loin, et je ne répondis rien.

M. Deremberg resta également quelque
temps sans parler, comme s'il voulait me
laisser le loisir de réfléchir à ce qu'il m'avait
dit, puis brusquement il reprit :

— Si cette conversation vous intéresse,
et si vous voulez la continuer, laissez la clef
cette nuit sur la porte de votre chambre,
j'irai vous dire un petit bonsoir quand tout
le monde sera endormi, et nous pourrons
causer tranquillement. En même temps, je
vous porterai le petit chiffon de papier en
question.

Tout cela avait été dit si tranquillement,
que je ne fis pas grande attention, sur le
moment, à ce que ces paroles avaient d'inso-
lite et d'odieux. Notez que ma mère et madame Deremberg étaient assises tout près de
nous et qu'elles auraient parfaitement pu
entendre, si M. Deremberg avait parlé un
peu plus haut.

Fort troublée, mal à l'aise sans trop savoir pourquoi, je levai les yeux sur celui-ci, comme pour lui demander ce qu'il avait voulu dire. Mais, aussitôt que mon regard eut croisé le sien, un éclair se fit dans mon esprit. Je ne compris pas exactement ce qu'il voulait de moi ; mais ses yeux se fixaient sur les miens avec une telle ardeur, et en même temps avec une expression si abominable, qu'ils me firent peur. Je sentis instinctivement qu'on me demandait quelque chose de mal et je me pris à trembler, comme si j'eusse été coupable moi-même.

A ce moment, la chanteuse ayant terminé son morceau, M. Deremberg se leva sans le moindre embarras pour la féliciter. Ma mère et madame Deremberg s'étant levées également dans le même but, je profitai de ce que personne ne semblait faire attention à moi pour me glisser sans être vue hors du salon et courir jusqu'à ma chambre, où je m'enfermai à double tour. Mon père, que je rencontrai dans le vestibule, essaya de m'arrêter au passage ; mais je lui échappai en portant la main à ma tête, comme pour lui donner à entendre que j'avais la migraine.

Une fois dans ma chambre, je me laissai tomber sur une chaise, où je demeurai toute brisée, anéantie, et le cœur battant à se rompre, comme si je venais d'échapper à un grand danger.

Quand je fus un peu plus calme, j'essayai de réfléchir à ce qui m'arrivait et à ce que je devais faire. Ma première pensée fut de tout conter à mon père, mais un sentiment de honte me retint. Bien qu'en somme je ne fusse aucunement coupable et que je n'eusse pas encouragé M. Deremberg par la plus innocente coquetterie, cette pénible confidence me répugnait instinctivement : il me semblait que je n'oserais jamais en ouvrir la bouche à personne, même à mon père. En outre, j'avais peur de lancer celui-ci dans une affaire qui pourrait avoir pour lui des conséquences fâcheuses ; je savais, en effet, qu'il avait le plus grand intérêt à ménager

M. Deremberg, je savais aussi qu'il était homme à ne rien écouter, s'il apprenait la vérité, et à faire un éclat épouvantable.

Bref, après bien des hésitations, je me décidai à ne rien dire, et à me tirer toute seule, sans bruit et sans tapage, de cette vilaine aventure. Avouez que, pour une fillette de seize ans, cette détermination témoignait d'un certain courage.

Je résolus seulement de ne pas me coucher et de passer la nuit sur ma chaise. La serrure fermée à double tour ne me rassurait qu'à demi, et je me demandai avec terreur si les murs de la chambre ne pouvaient pas receler quelque porte secrète.

J'entendis bientôt des allées et venues dans la maison, l'heure étant arrivée où chacun gagnait sa chambre. En passant devant la mienne, mon père et ma mère me demandèrent à travers la porte comment j'allais, si je n'avais besoin de rien. Je me gardai bien de leur répondre, dans la crainte que le trouble de ma voix ne vînt à trahir mon extrême agitation ; et mes parents, me croyant tranquillement endormie, rentrèrent chez eux.

Puis je n'entendis plus rien, et la maison sembla bientôt plongée tout entière dans un profond sommeil. Ce fut alors que mes angoisses et mes terreurs redoublèrent. Des imaginations folles traversèrent ma pauvre cervelle d'enfant. Je sentais que, pendant que tout dormait autour de moi, il y avait quelque part un homme qui veillait, qui attendait dans l'ombre et dans le silence, et qui allait venir. Il me semblait déjà entendre son pas crier sur le parquet du couloir, et le voir s'approcher de moi, se pencher sur moi, avec son vilain regard qui me brûlait et me paralysait.

J'avais beau me dire que la porte était bien fermée, que je n'avais rien à craindre ; que, quand même M. Deremberg eût pu entrer, à l'aide d'une double clef, ou autrement, je n'aurais eu qu'à appeler. Mon père, qui couchait dans la chambre voisine de la mienne, m'entendrait et accourrait aussitôt.

Et si le saisissement, si l'épouvante m'empêchaient d'appeler ! Est-ce que je savais, moi, quelle figure je ferais en face du danger ? Aurais-je seulement la force de résister, de bouger, de crier ? Et déjà mon imagination affolée me montrait dans les plis des rideaux, dans les recoins obscurs de la chambre, ou dans les ombres que la flamme vacillante de ma bougie dessinait sur le mur, des ombres terrifiantes qui semblaient s'avancer vers moi.

Je ne sais pas comment ma tête de linotte résista aussi longtemps à ces assauts successifs, qui en auraient certainement ébranlé une plus solide.

Enfin, après un temps que j'étais bien hors d'état d'apprécier, j'entendis des pas assourdis s'approcher dans le couloir, puis s'arrêter devant ma porte. Une main discrète tourna le bouton de la serrure avec précaution, et, comme la serrure ne cédait point, on essaya une poussée contre la porte. La porte cria légèrement, mais tint bon. Alors j'entendis qu'on grattait à plusieurs reprises avec insistance.

Pendant ce temps, j'aurais fait peine à voir, tant la terreur qui m'oppressait m'avait réduite à un état lamentable. Ma respiration s'était arrêtée dans ma poitrine, mes tempes battaient à se rompre et mes oreilles bourdonnaient d'une façon effrayante. J'étais près de me trouver mal, et je sentais avec épouvante que, si par impossible la porte s'ouvrait, j'eusse été absolument incapable de faire le moindre mouvement pour m'échapper ou pour me défendre.

Heureusement, la porte ne s'ouvrit point, et, après quelques minutes qui me parurent des siècles, les pas s'éloignèrent et se perdirent dans les profondeurs du couloir.

Je fus soulagée d'un grand poids; quand je n'entendis plus rien. Toutefois je ne me couchai point, afin de ne pas être prise au dépourvu, en cas d'une nouvelle alerte.

Mais M. Deremberg se le tint sans doute

pour dit, et je passai le reste de la nuit dans une tranquillité relative. Relative est le mot, car, l'effroi qui me paralysait s'étant quelque peu dissipé, je pus mieux me rendre compte de l'infamie de la tentative de M. Deremberg, et les réflexions que je fis ne furent pas précisément consolantes.

Tenez, il m'est tombé l'autre jour sous les yeux une nouvelle, hardie mais tout à fait remarquable, de Paul Bourget, intitulée *l'Irréparable,* et dans laquelle l'auteur s'efforce de développer et d'expliquer la « métamorphose de caractère, provoquée chez la plupart des femmes par la révélation des réalités physiologiques dont s'accompagne la première possession ; et la mise en lumière, soudaine et parfois douloureuse, d'un être inconnu à lui-même et qui sommeillait dans la vierge ».

Eh bien, ce fut quelque chose comme cela, toutes proportions gardées, que j'éprouvai durant cette longue nuit où venait de m'être brutalement révélé ce qu'il se cache souvent d'hypocrites ignominies sous les dehors de l'honneur et de la vertu.

A la suite de cette nuit-là, mon caractère subit une transformation complète. Autant j'avais été confiante et naïve, voyant les gens en beau et la vie en rose, autant je devins méfiante, nerveuse, ombrageuse, toujours prête à me redresser et à regimber, comme si j'eusse été entourée d'ennemis. Il me semblait que le monde ne se composait que de misérables hypocrites, et que tout n'était que mensonge et fausseté.

Ah! si l'homme qui produit un pareil *déséquilibrement* dans une âme de jeune fille se rendait pleinement compte du mal qu'il fait, et de la responsabilité qu'il encourt, sans doute il reculerait devant cette sorte de viol moral, tout aussi irréparable que l'autre.

Mais je reviens à mon abominable aventure. Je vous ait dit que nous devions quitter la Nivette le lendemain matin, pour rentrer à Paris. J'aurais bien voulu partir sans revoir M. Deremberg ; je sentais que je n'oserais

jamais soutenir ses regards. Malheureusement, ce n'était guère possible ; mes parents
n'auraient pas compris que je partisse de
cette hospitalière maison sans dire adieu à
des gens qui m'avaient reçue et traitée si
affectueusement.

Ce qui me rassurait un peu, c'était la pensée qu'après ce qui s'était passé entre nous
M. Deremberg ne devait pas se soucier plus
que moi de se retrouver en ma présence. En
quoi je me trompais complètement, du reste :
car la première personne que je vis dans le
vestibule, en descendant de ma chambre
avec mon père et ma mère, lorsque arriva
l'heure de monter en voiture, ce fut précisément mon infâme persécuteur, rasé de frais,
correct et coquet comme toujours.

Il s'avança vers mes parents et vers moi
sans le moindre embarras, avec une aisance,
un aplomb, qui me faisaient demander si je
n'avais pas rêvé ce qui s'était passé.

Toute tremblante, je me tenais derrière
ma mère, n'osant pas lever les yeux ; car il

me semblait toujours sentir passer sur mon visage et sur toute ma personne la flamme brûlante de ce regard odieux, dont le souvenir me poursuivait comme une souillure ineffaçable.

A me voir ainsi me soutenant à peine en face de cet homme au visage souriant, à la contenance assurée, on eût put croire les rôles intervertis : que c'était moi la coupable, et lui la victime.

Cependant, lorsque madame Deremberg insista gracieusement pour obtenir de mon père et de ma mère qu'ils restassent quelques jours encore à la Nivette, son mari n'osa pas pousser le cynisme jusqu'à joindre ses instances aux siennes. J'avais une telle peur que mes parents ne cédassent, que je surmontai l'angoisse horrible, qui glaçait les paroles sur mes lèvres, pour rappeler à mon père un rendez-vous important qu'il avait à Paris.

J'avais hâte de quitter cette belle maison, où, huit jours auparavant, j'étais arrivée si joyeuse ; il me semblait maintenant que le moment de partir se faisait cruellement attendre.

Enfin le break qui devait nous emmener à la gare, vint se ranger devant le perron, et, nos bagages installés à côté du cocher, nous prîmes congé de nos hôtes.

Là encore, j'eus un cruel moment à passer, et je crus bien que l'épreuve serait au-dessus de mes forces, que je ne pourrais point la supporter sans me trahir.

Après avoir embrassé madame Deremberg, il fallut m'approcher ensuite de son mari, et tendre mon front à l'homme, dont j'aurais voulu pouvoir démasquer tout haut l'infâme hypocrisie. Lui me regardait venir tranquillement, m'attendant, me guettant du coin de l'œil, jouissant de mon trouble, sans qu'un pli de son visage impassible laissât percer le moindre remords ou le plus léger embarras.

Il se penchait déjà pour m'embrasser au front, lorsque, ma répugnance l'emportant sur la prudence, je laissai tomber mes gants

et me baissai pour les ramasser ; de sorte
que ses lèvres purent à peine effleurer mes
cheveux.

Si léger qu'eût été ce contact, il ne m'en
fit pas moins tressaillir jusqu'au fond de
mon être, et un tremblement nerveux agi-
tait encore tous mes membres lorsque je
montai enfin dans le break.

Cette impression de terreur physique me
poursuivit jusqu'à la gare ; et ce ne fut qu'une
fois installée dans un coin du wagon que je
me sentis rassurée. Il me semblait que je
venais seulement enfin d'échapper aux mains
de l'homme abominable qui avait voulu me
déshonorer.

La détente heureuse qui se produisit en
moi fut si vive, que mon père, stupéfait, me
demanda ce que j'avais.

Je donnai le premier prétexte venu, et mon
pauvre père est mort l'an dernier sans avoir
jamais su pourquoi j'étais partie de la Nivette
avec une satisfaction si extraordinaire.

Quant à M. Deremberg, je m'arrangeai de

façon à ne jamais être forcée de remettre les pieds chez lui. Je ne pus cependant pas toujours éviter sa rencontre, surtout depuis que je suis entrée au Théâtre ; mais, chaque fois que nous nous sommes trouvés face à face, je dois dire qu'il s'est toujours montré l'homme irréprochablement correct et digne, que tout le monde respecte, — et que personne ne connaît.

UNE CONSULTATION

Vous qui devez savoir le Droit depuis le temps que vous l'enseignez aux autres, vous allez me donner un conseil.

J'ai été mêlée, il y a une vingtaine d'années (vous voyez qu'il ne s'agit pas d'hier), à une aventure assez singulière, qui ressemble plus à un roman qu'à une histoire vraie, et qu'un événement tout récent vient de me remettre brusquement en mémoire.

Un soir, le docteur L.., qui habitait la maison voisine de la mienne, monta chez moi très ému, très pâle, et me dit :

— Ma chère amie, il m'arrive une chose

épouvantable; il n'y a que vous qui puissiez me tirer de là.

Il faut vous dire que le docteur L..., quelques mois avant la scène que je vous raconte, avait traité mon père pour une affection des plus dangereuses et l'avait soigné avec un dévouement incomparable. Aussi lui avions-nous voué une reconnaissance sans bornes.

— Docteur, lui répondis-je, je vous dois la vie de mon père, vous pouvez tout me demander; vous êtes sûr à l'avance que je serai trop heureuse de vous obliger.

— C'est qu'il s'agit d'un service d'une nature tout à fait délicate.

— Quoi que ce soit, je vous le répète. docteur, je suis prête.

— Eh bien, voici. Vous connaissez, au moins de nom, la comtesse d'E..., qui habite l'appartement au-dessous de moi. Je suis extrêmement lié avec elle depuis longtemps, intimement lié; bref, puisque je suis obligé de tout vous dire, d'ici à quelques jours elle

va devenir mère. Je n'ai pas besoin de vous
expliquer pourquoi il faut que personne ne
se doute de rien, ni dans la maison, ni ailleurs. Si j'étais seul en cause, parbleu! mon
parti serait vite pris ; mais il y va de l'honneur d'une famille. Madame d'E... se tuerait
plutôt que de voir la chose s'ébruiter. Heureusement, le quartier est assez désert, la
maison est tranquille, et, surtout si l'événement a lieu la nuit, il est probable que nous
pourrons le cacher à tout le monde, avec
votre aide bien entendu.

— Je ne vois pas comment...

— Je voudrais... mais, je vous en supplie,
écoutez-moi jusqu'au bout, avant de dire oui
ou non. Les domestiques ont été éloignés
depuis quelque temps, sauf une vieille bonne
dont nous sommes sûrs et qui nous suffira.
L'essentiel, c'est que l'enfant disparaisse dès
qu'il arrivera ; qu'il disparaisse de la maison,
je veux dire, qu'il soit emporté immédiatement, avant que nul ait rien soupçonné.
Il faut donc qu'une personne dévouée s'en

12

charge, et se substitue pendant quelque temps à la véritable mère.

Certes, j'étais prête à tout, comme je l'avais dit au docteur; mais j'avoue que sa proposition inattendue me prit au dépourvu et que je demeurai un bon moment abasourdie. J'avais dix-neuf ans alors, j'étais assez jolie, et naturellement fort courtisée. Chaque soir, à mon théâtre, j'avais dans ma loge jusqu'à cinq ou six personnes qui prétendaient m'adorer follement. Comme je n'en écoutais aucune et que je continuais à vivre tranquillement chez mes parents, la situation était encore possible. Mais, si je faisais ce que me demandait le docteur, et si la moindre indiscrétion arrivait jusqu'à l'un de mes adorateurs, que n'eût-on pas dit?

— Alors, vous refusez? demanda le docteur en me voyant garder le silence.

— Je ne refuse pas, répondis-je, mais j'étais si loin de m'attendre... Je ne puis rien décider avant d'en avoir parlé avec mon père et avec ma mère. Si vous voulez revenir ce soir, avant sept heures (car il faut que je sois au théâtre à huit heures et demie), je vous donnerai une réponse définitive.

Le soir, à sept heures, lorsque le docteur revint, je lui appris que nous ferions ce qu'il désirait. Mon père et ma mère avaient jeté les hauts cris tout d'abord; puis, à la réflexion, il s'étaient calmés peu à peu, et, comme c'étaient les meilleures gens du monde, le souvenir des grandes obligations que nous avions au docteur L... avait fait taire leurs scrupules.

Trois jours après, en rentrant du théâtre, je trouvai notre logis en révolution. Le docteur était venu dans la soirée annoncer que ce serait pour cette nuit-là. Mon père attendait, caché discrètement aux environs de la maison, pendant que ma mère préparait à la hâte le berceau, les linges, la layette, tout ce qu'il fallait enfin pour recevoir un enfant nouveau-né.

Nous passâmes ainsi une partie de la nuit,

tendant l'oreille aux bruits de la rue. A
chaque instant, j'allais à la fenêtre, soulevant le rideau pour voir s'il y avait du
nouveau.

Enfin, vers les quatre heures du matin,
j'aperçus le docteur, qui sortait avec précaution de chez lui et qui remettait à mon père
une sorte de paquet soigneusement enve-
loppé.

Quelques instants après, j'ouvrais la porte
à mon père, qui entrait sans bruit et dépo-
sait son fardeau sur les genoux de ma mère
C'était une petite fille très bien venue, et qui
se mit immédiatement à crier.

Heureusement, nos voisins étaient à la
campagne et personne ne pouvait l'entendre.

Nous restâmes jusqu'au jour auprès de
l'enfant, à l'emmailloter, à le démailloter,
à le bercer, et à lui donner à boire de l'eau
sucrée tiède, mêlée d'eau de fleur d'oran-
ger.

Dans la matinée, le docteur et mon père
se rendirent tous deux à la mairie pour la

déclaration à l'état civil ; puis ils allèrent
ensemble dans un bureau de nourrices. Le
docteur choisit une grosse Nivernaise bien
saine, bien vigoureuse, et lui dit de se tenir
prête à partir le soir même avec l'enfant pour
son pays, un petit village près de Clamecy,
si je me souviens bien.

A la nuit, en effet, le docteur vint chercher
l'enfant, passa prendre la nourrice au bureau
et la conduisit au chemin de fer.

Tout cela avait été fait avec des précau-
tions si minutieuses, si rapidement et si discrètement à la fois, que personne ne se douta
de rien, ni dans ma maison ni dans le voisinage.

Le docteur vint nous remercier le lendemain, et nous demanda de nous charger
encore de servir d'intermédiaire entre la
nourrice et la mère de l'enfant, pendant
quelques mois seulement.

Nous acceptâmes tout de suite, et le docteur partit en nous serrant les mains et en
protestant que jamais il n'oublierait la bonne

12.

grâce et le dévouement que nous avions apportés dans toute cette affaire.

Trois mois, puis six mois s'écoulèrent. Le 30, régulièrement, le docteur m'apportait l'argent de la nourrice, que j'expédiais par la poste.

Un jour cependant, au lieu de m'apporter lui-même cet argent, le docteur me l'envoya avec une lettre, où il m'apprenait que de graves événements s'étaient passés, qu'il avait rompu avec la comtesse, et que, par suite, il avait dû changer d'appartement. Je n'avais pas à m'inquiéter, d'ailleurs, au sujet de l'enfant ; seulement, dorénavant, ce serait de la comtesse elle-même que je recevrais l'argent de la nourrice, jusqu'à ce qu'on me débarrassât tout à fait de ce soin.

Les choses se passèrent ainsi les premiers mois qui suivirent, puis il y eut des retards, des irrégularités dans l'envoi de l'argent ; plusieurs fois, je dus écrire à la comtesse des petits billets pour lui rappeler que le 30 était écoulé depuis longtemps.

La nourrice m'ayant écrit, un jour, pour se plaindre que l'hiver était dur, que la petite avait froid la nuit, et qu'il lui fallait absolument une chaude couverture ou un édredon, j'envoyai sa lettre à la comtesse, qui la laissa sans réponse.

La nourrice étant revenue à la charge, avec de nouvelles instances, je me décidai à faire une démarche personnelle auprès de l'étrange mère.

Jamais je n'étais allée chez elle ; je ne la connaissais même point de vue.

Je trouvai une femme fort belle encore, mais d'un aspect peu avenant. Elle me reçut avec un mélange de hauteur et de familiarité, mais sans le moindre embarras, comme si rien d'extraordinaire ne s'était jamais passé entre nous.

Un peu glacée par cet accueil, auquel j'étais loin de m'attendre, j'exposai simplement la situation.

— C'est bien, me dit-elle ; je vous remercie, mademoiselle, je ferai le nécessaire.

Et, comme j'insistais, repétant qu'à cet âge une bronchite était bientôt prise.

— Oui, je sais, dit-elle. Je passerai dans un magasin, au premier jour, et je ferai envoyer à la nourrice ce qu'il faut.

Ma foi ! la patience commençait à m'échapper.

— Vous n'avez donc pas compris, madame? Votre enfant a froid. Ce n'est pas au premier jour, ce n'est pas demain, c'est aujourd'hui qu'il faut lui envoyer cet édredon. Si vous ne pouvez pas sortir, vous en avez un sur votre lit, sans doute, et...

— Ma chère demoiselle, interrompit la comtesse en se levant, permettez-moi de vous dire que je suis meilleur juge que personne de ce que j'ai à faire.

Je me levai à mon tour, tellement révoltée de cette sécheresse de cœur, que les mots s'étranglaient dans ma gorge, et je partis brusquement en saluant froidement.

Rentrée chez moi, j'écrivis à cette mère dénaturée, pour lui déclarer que je me consi-

dérais désormais comme absolument déga-
gée vis-à-vis d'elle, et que je la priais de se
charger à l'avenir de sa correspondance avec
la nourrice.

Je ne reçus point de réponse ; mais la comtesse se le tint pour dit, car je n'entendis plus
parler ni de la nourrice, ni de l'enfant.

Quelques mois plus tard, la comtesse
quitta la maison à son tour, et je ne l'ai plus
revue.

Quant au docteur, je le rencontrais de
temps en temps dans le monde ; comme il
s'était marié dans l'intervalle et qu'il avait
d'autres enfants, la discrétion m'empêchait
de faire allusion au passé. Tout ce que je pus
savoir, par quelques mots qu'il me glissa
certain soir à l'oreille, c'est qu'en sortant de
nourrice l'enfant avait été placée à la campagne, chez une ancienne femme de chambre
de la comtesse, puis à Passy, chez un vieux
monsieur où elle devait être encore.

Le temps passa par là-dessus ; je partis
pour la Russie, où je restai huit ans. A mon

retour, j'appris que le docteur était mort. Quant à la comtesse et à sa fille, personne ne savait ce qu'elles étaient devenues. J'avais fini par n'y plus penser lorsque, l'autre jour, je lus dans les journaux que madame la comtesse d'E... venait de mourir dans son château de C...

Ce nom me rappela brusquement cette histoire déjà ancienne, où j'avais joué mon rôle. Aujourd'hui, l'enfant doit avoir une vingtaine d'années ; est-elle toujours à Passy, chez ce vieux monsieur dont m'avait parlé le docteur? Et à quel titre y est-elle? comme fille adoptive, ou comme servante? ou même, car tout est possible, à un titre pis encore?

En tout cas, il est bien probable que je suis seule, aujourd'hui, en possession du secret de sa naissance ; et je me demande si, ce secret, je dois le garder pour moi, si je dois l'emporter en mourant à mon tour.

La comtesse a dû laisser quelque fortune, et, bien que sa malheureuse enfant n'ait pas été reconnue, n'a-t-elle pas le droit de se faire attribuer une partie de cette fortune?

D'autre part, cette jeune fille est-elle demeurée digne d'intérêt, et mérite-t-elle que, pour lui faire rendre justice, on provoque un éclat qui pourrait troubler et désoler deux familles?

Voilà ce qui me préoccupe, et voilà pourquoi je suis venue vous demander conseil. Quel parti dois-je prendre? Et que dois-je faire?

1870 - 1871

I

Pauvre père Bain-de-Pied!

A la formation du bataillon, dans la grande salle du Gymnase Pascaud, rue de Vaugirard, quand on lui avait demandé sa profession, il avait répondu très haut, avec un fier mouvement des épaules :

— Directeur de théâtre!

Naturellement, tout le monde s'était retourné, cherchant un visage connu : l'étonnement avait été général, lorsque nous

13

avions aperçu un solide vieillard à barbe
grise, dont les traits rudes et irréguliers
nous étaient parfaitement étrangers. De quel
théâtre de province ou de banlieue pouvait-
il bien être directeur? En tout cas, sa direction ne semblait guère l'avoir enrichi ; car il
portait, par-dessus sa tunique de garde natio-
nal, un pauvre paletot marron, trop étroit et
trop court, qui ne payait point de mine.

Quant à son nom bizarre, on devine que ce
n'était qu'un surnom. Il s'appelait réellement
Ruin de Fyé. Mais, dès le premier jour, je
ne sais quel loustic l'avait baptisé Bain-de-
Pied, par euphonie, disait-il, et le surnom
était resté au brave homme. Et pourtant la
physionomie maussade du père Bain-de-Pied
n'était point faite pour encourager les plaisanteries. — Mais allez donc empêcher des
Parisiens, et des Parisiens déguisés en soldats, de se moquer et de rire, surtout pendant ces interminables heures de garde aux
baraques des remparts, où la nécessité
impérieuse de tuer le temps nous rendait

tous féroces ! Le père Bain-de-Pied, avec sa
mine rébarbative et son accoutrement fantaisiste, était devenu rapidement la joie du bataillon et surtout de la première compagnie,
à laquelle nous appartenions tous deux.
Chaque fois que son tour arrivait de prendre
la faction, c'était à qui inventerait quelque
fumisterie du goût le plus déplorable, que le
pauvre homme accueillait régulièrement
avec une fureur concentrée, qui redoublait
la gaieté générale.

Et, chaque fois qu'à l'appel du soir ou du
matin l'officier appelait Ruin de Fyé :

— Bain-de-Pied ! ne manquait jamais de
'rectifier une voix gouailleuse, partie on ne
savait d'où.

Vint le moment où les compagnies de
marche furent organisées. A la surprise
générale, le père Bain-de-Pied, que son âge
mettait évidemment hors de cause, fut des
premiers à se faire inscrire. Ce jour-là, personne ne pensa à rire de sa figure grognonne
et de son petit pardessus marron.

Des similitudes de taille nous rappro-
chèrent, le père Bain-de-Pied et moi. On
nous plaça tous deux à la deuxième es-
couade de la première compagnie, et, dans
le rang, ce fut lui qui se trouva marcher
devant moi.

On nous avait donné de gigantesques
capotes noires qui nous enveloppaient de la
tête aux pieds, de sorte que le père Bain-de-
Pied avait dû se séparer de son légendaire
paletot. En revanche, à partir du jour où le
froid était devenu tout à fait rigoureux, il
avait adopté une coiffure étrange et gro-
tesque, en nouant par-dessus son képi un
immense mouchoir à carreaux jaunes et
bleus.

Je vois encore, en fermant les yeux, les
énormes pieds d'éléphant du brave homme,
écrasant devant moi les mottes de terre à
demi gelées des champs labourés que nous
gravîmes le matin du 19 janvier, entre la
ferme de la Bergerie et le parc du château de
Buzenval. Éreinté par cette pénible marche

qui dura bien deux heures, pliant le dos sous mon sac et mon lourd fusil à tabatière, je marchais la tête basse, et les chaussures massives du père Bain-de-Pied bornaient mon horizon.

En arrivant en haut de cette interminable montée, on nous fit arrêter tout contre le mur du parc, et je me laissai tomber avec volupté au pied d'un arbre moussu.

Une heure après, nous reprîmes nos rangs et nous longeâmes le mur à droite jusqu'à certain angle, où une tranchée pratiquée à coups de hache nous permit d'entrer à la file indienne dans l'intérieur du parc.

En passant à son tour à travers la tranchée, le père Bain-de-Pied, ne se doutant point que, de l'autre côté du mur, le sol était en contre-bas, roula la tête la première dans la boue jaune, en lâchant son fusil — et un énorme juron. Je venais immédiatement après lui et je l'aidai à se ramasser, sans pouvoir cacher une formidable envie de rire.

C'était la dernière fois que je devais rire du pauvre père Bain-de-Pied.

Nos rangs reformés à l'intérieur du parc, nous nous avançâmes par un chemin encaissé entre deux paquets de bois, sur les talus desquels je pus remarquer en passant des sacs abandonnés, des ceinturons avec leurs fourreaux de baïonnette, des képis souillés de boue.

Nous marchions ainsi depuis dix minutes, lorsqu'un officier à cheval accourut au-devant de nous à bride abattue et nous cria brutalement :

— Qu'est-ce que vous f.....-là, vous-autres ! Où allez-vous ?

— L'ordre du colonel est de suivre cette route toujours tout droit ! répondit notre capitaine.

— Toujours tout droit ! Mais vous ne voyez donc pas qu'elle tourne, la route ; c'est au feu qu'il faut aller, nom de Dieu !

Furieux de nous voir traités avec cette grossièreté dédaigneuse, nous nous jetons alors à droite dans le bois, sans attendre le commandement, et nous courons dans la direction où nous entendions le crépitement des coups de fusils.

— La première compagnie en tirailleurs ! crie derrière nous notre capitaine, la deuxième compagnie à cent pas en arrière de la première !

Mais déjà, nous sommes loin. En quelques minutes, nous avons fait pas mal de chemin, et les balles commencent à siffler à nos oreilles et à casser les branches des arbres au-dessus de nos têtes. Nous courons machinalement devant nous, le fusil à la main, sans rien voir encore, pas même la fumée des coups de fusil.

Mais je ne veux point raconter, aujourd'hui du moins, cette longue et triste journée, où, à défaut d'expérience et de discipline, nous montrâmes du moins une bonne volonté, une ardeur et même une solidité sous le feu, fort honorables, en somme, pour les pauvres soldats de circonstance que nous étions.

Le lendemain matin, quand le major pro-
céda à l'appel des hommes dans la cour de la
caserne de Courbevoie, le père Bain-de-Pied
fut un de ceux qui ne répondirent point.

Nous rentrâmes à Paris dans la soirée,
sans qu'il eût rejoint son rang.

Rien ne disait cependant qu'il ne se fût
point égaré, qu'il ne se fût point rallié à
quelque autre bataillon. Personne de nous ne
l'avait vu tomber dans le bois et nous pensions tous qu'il reparaîtrait le lendemain,
avant la fin de la journée.

Mais le lendemain et les jours suivants se
passèrent sans que nous eussions de ses
nouvelles.

Enfin, le sixième jour, je fus commandé
avec trois camarades, pour aller au Père-
Lachaise reconnaître les morts du bataillon,
ramassés dans le parc de Buzenval. Une
lugubre corvée, que j'aurais laissée de grand
cœur à un autre !

Nous avions déjà retrouvé successivement
cinq de nos pauvres camarades, dans leur

uniforme souillé de boue et de sang, lorsque Julien Renaud, un jeune architecte qui s'était toujours montré parmi les persécuteurs les plus féroces du pauvre Bain-de-Pied, me saisit vivement par le bras, et, pâle, oppressé au point de ne pas pouvoir parler, me désigna du doigt un cadavre étendu devant nous.

C'était le père Bain-de-Pied ! Je le reconnus tout de suite à son mouchoir jaune et bleu, qui était encore noué sur sa tête, par-dessus son képi. Il avait été frappé d'une balle au milieu du front et le sang noir s'était gelé sur sa barbe grise.

Deux jours après, lorsque nous rendîmes les derniers honneurs à nos camarades, plus d'un parmi nous se reprocha sans doute amèrement les plaisanteries que nous avions si peu ménagées au père Bain-de-Pied.

Julien Renaud ayant appris je ne sais comment, car personne au bataillon ne connaissait l'ancien directeur de théâtre, qu'il laissait une veuve sans aucune ressource, nous entreprîmes aussitôt les démarches les plus

13.

actives pour tâcher d'obtenir une pension à celle-ci.

Mais, hélas! il se trouva que la femme du père Bain-de-Pied n'était pas sa femme, sa femme devant la loi. Et, en pareil cas, les règlements sont formels.

Nous dûmes nous borner, en conséquence, à réunir, entre nous, quelques centaines de francs, que Renaud porta à la malheureuse femme.

Près de douze ans se sont écoulés depuis ; mais, quand le souvenir de ces événements, trop oubliés aujourd'hui, se présente à mon esprit, l'une des figures que je revois le plus nettement, c'est celle du père Bain-de-Pied, avec ses chaussures énormes, sa tunique qui dépassait sous son petit paletot trop court, et son immense mouchoir jaune et bleu, noué par-dessus son képi.

Pauvre père Bain-de-Pied !

II

— A neuf heures, en armes, au lieu habituel de réunion du bataillon! ordre du capitaine! me cria le tambour à travers la
porte.

— Allons! qu'est-ce qu'il y a encore? dit
ma femme. Je croyais que le bataillon était
dissous et que vous ne faisiez plus aucun
service. Est-ce que tu vas y aller?

— Il le faut bien.

— Au moins, ne te laisse pas entraîner
dans quelque bagarre, et tâche d'être rentré
pour le déjeuner!

Je rassurai ma femme, en lui rappelant mes habitudes de prudence bien connues, et, prenant mon fusil, je partis.

Rue d'Assas, je rejoignis quelques camarades qui se rendaient, comme moi, à l'ordre du capitaine. Ils étaient, eux aussi, passablement intrigués par cette convocation inattendue.

Arrivés à l'entrée de l'impasse Vavin, nous aperçûmes le capitaine Meunier qui nous attendait, avec le lieutenant Bigot et le sergent Grémoin. il nous expliqua aussitôt pourquoi il nous avait dérangés.

Dès le 19 mars, le docteur Tony Moilin s'était présenté à la mairie de la place Saint-Sulpice, avec un ordre de Comité central qui le déléguait à la municipalité du VIe arrondissement, en remplacement du maire Hérisson (aujourd'hui ministre); une compagnie de gardes nationaux fédérés l'accompagnait et l'avait installé de vive force, malgré la résistance énergique du maire.

Un type curieux que ce docteur Tony

Moilin! Vers la fin de 1868, on avait pu
voir circuler dans les rues de Vaugirard, de
Sèvres et du Cherche-Midi un certain nombre
de gens qui portaient autour des yeux et sur
les tempes une sorte de tatouage au crayon
rouge ou bleu, et l'on n'avait pas tardé à
apprendre que c'était un nouveau traitement
inauguré par un médecin établi depuis peu
du côté du boulevard Montparnasse. Cet
étrange docteur prétendait guérir ainsi je ne
sais quelle maladie, toutes les maladies
peut-être ; mais d'aucuns assuraient que
c'était un malin, un simple malin, impatient
de se faire une clientèle et qui ne reculait
point devant une réclame ouvertement fantaisiste pour y arriver.

Tatouages à part, ce n'était pas un mé-
chant homme, et je ne crois pas qu'il ait fait
grand mal à personne, pendant tout le
temps que dura la Commune ; aussi s'est-
on peut-être montré bien sévère avec lui, en
le fusillant le 27 mai au Luxembourg,
dans les conditions que l'on sait.

Sans ce tragique dénouement, le docteur Tony Moilin serait demeuré, avec Napoléon Gaillard, Babick, Jules Allix, l'homme aux escargots sympathiques, et quelques autres, la note comique de cette sombre période qui va du 18 mars à la fin de mai 1871.

La vanité, la vanité poussée jusqu'au vertige ; la rage de se montrer, de jouer un rôle, de parader en voiture ou sur un cheval ; la passion de l'écharpe et du képi, voilà quels furent les principaux mobiles de la plupart des gens qui firent leur partie dans cette incroyable épopée, où le drame et l'opérette se côtoyèrent presque tout le temps.

Quelqu'un, qui suivit le procès des membres de la Commune, m'a raconté que, pendant toute la durée de ces débats où leur tête était en jeu, deux des plus compromis parmi les prévenus, Assi et Ferré, ne semblaient préoccupés que d'une chose, à savoir de poser pour la galerie. Ils causaient paisiblement entre eux pendant les réquisitoires, riaient tout haut avec affectation comme si ce qui se passait n'avait pour eux qu'un intérêt très secondaire. Et, lorsque, enfin, les plaidoiries terminées, le président du Conseil de guerre, s'adressant à Ferré, lui demanda, selon la coutume, s'il avait quelque chose à ajouter à sa défense, celui-ci se leva, tira négligemment de sa poche un petit factum (qu'il avait fort soigneusement élaboré, d'ailleurs, pour la circonstance, et où il en appelait à la postérité, dans un langage emphatique et redondant), le lut d'une voix théâtrale, avec des gestes étudiés, et se rassit ensuite de l'air satisfait d'un acteur qui croit avoir produit son petit effet.

— Devinez maintenant, ajoutait l'ami qui me racontait cela, pourquoi Ferré s'est montré aussi féroce et a signé les arrêtés terrifiants que vous savez? C'est parce qu'il était chétif et laid. Humilié d'entendre toujours plaisanter sa taille mesquine et sa figure d'oiseau de proie, il voulut prouver qu'après avoir fait rire, il pouvait faire trembler. N'est-il pas étrange de penser que, si ce petit

homme avait eu le nez tourné comme tout le
monde, Paris n'aurait pas été brûlé?

Mais je reviens au docteur Tony Moilin.
Le capitaine Meunier nous apprit qu'il s'agis-
sait d'aller expulser de la mairie ce magistrat
fantastique, et de réinstaller en son lieu et
place l'ancien maire ou, du moins, celui-ci
étant parti pour Versailles, l'un des anciens
adjoints, Albert Leroy.

Au point de vue militaire, l'opération ne
devait point présenter grande difficulté. Les
quelques fédérés qui occupaient le poste de
a mairie étaient toujours entre deux vins;
nous n'avions donc qu'à nous présenter en
bon ordre, avec la mine résolue de gens qui
savent ce qu'ils veulent et qui sont déter-
minés à l'exécuter, pour emporter la place
sans coup férir. Le docteur Tony Moilin lui-
même, quand il nous verrait en forces ne
se ferait probablement point prier pour
déguerpir.

La seule condition importante était d'agir
rapidement, avant que les fédérés, avertis,

eussent le temps de se mettre sur leurs gardes.

Les prévisions du capitaine Meunier se réalisèrent de tout point, et la position fut enlevée en un rien de temps, bien que nous ne fussions guère en tout qu'une vingtaine d'hommes.

Lorsque nous avions débouché de la rue de Mézières et que nous nous étions présentés inopinément devant la porte de la mairie, le factionnaire nous avait regardés tout effaré ; puis il s'était précipité à l'intérieur pour crier : « Aux armes! » mais, comme il avait négligé, dans son trouble, de fermer la porte derrière lui, nous n'avions eu que la peine d'entrer à sa suite et de nous installer dans le corps de garde, les trois ou quatre fédérés qui dormaient sur les lits de camp s'étaient retirés sans trop d'étonnement, pour aller rejoindre leurs camarades, dispersés chez les divers marchands de vin du voisinage.

Puis, nos factionnaires posés, le capitaine,

accompagné de quelques-uns d'entre nous, monta le grand escalier et se présenta dans le cabinet de M. le Délégué.

M. le Délégué nous reçut fort dignement, et, prenant une attitude tout à fait de circonstance, il nous déclara qu'il cédait à la force, mais qu'il protestait au nom de la Commune de Paris.

Le capitaine Meunier se contenta de répondre que, puisque le premier principe de la Commune de Paris, c'était le gouvernement de la ville par la ville, on ne pouvait pas trouver mauvais que chaque quartier désirât se gouverner lui-même, et préférât la municipalité qu'il avait nommée à celle qu'on voulait lui imposer.

Après quoi, nous reconduisîmes l'infortuné magistrat jusqu'à la porte de la mairie et même un peu au delà.

Albert Leroy, prévenu aussitôt, ne tarda pas à se présenter et prit immédiatement possession de la place. La besogne ne devait pas lui manquer ; car il avait suffi au fantaisiste docteur de ses deux jours d'occupation pour mettre partout le désarroi et bouleverser les services.

Pendant ce temps, les gens du quartier vinrent nous féliciter de l'heureux et rapide succès de notre entreprise, et nous assurer qu'ils nous soutiendraient énergiquement si nous étions inquiétés.

Il n'y avait pas grande apparence, du reste, que nous eussions à redouter un retour offensif de l'ennemi. On nous avait cédé la place avec une facilité qui donnait à penser que l'on se souciait médiocrement d'y rester. La Commune ne pouvait pas, en effet, se sentir chez elle dans ce quartier, très peu favorable aux idées de désordre et de bouleversement. De son côté, le docteur Tony Moilin, lui-même, n'était peut-être pas autrement fâché de se débarrasser *honorablement* de sa mairie, où il barbotait d'une manière atroce et qui ne pouvait pas lui procurer beaucoup d'agrément.

Bref, les choses se présentaient sous un

aspect tellement rassurant, qu'à midi quelques-uns d'entre nous crurent pouvoir en
prendre à leur aise et rentrer déjeuner chez
eux, avec l'autorisation du capitaine.

Quand ceux-ci furent revenus, ceux qui
étaient restés partirent à leur tour ; tout
paraissait si paisible qu'ils ne crurent pas nécessaire de se presser.

Le capitaine Meunier lui-même alla manger
une côtelette dans un café de la place Saint-
Sulpice, en donnant l'ordre qu'on l'avertît
s'il survenait quelque chose de particulier.

Quant à moi, j'étais déjà rentré à ce
moment-là, et je me trouvais précisément de
faction à la porte principale de la mairie,
lorsqu'un négociant de la rue de Rennes
accourut tout essoufflé, pour nous prévenir
qu'un bataillon de fédérés arrivait, tambours
en tête, par le pont des Saints-Pères.

J'appelai aux armes, et le lieutenant Bigot
envoya aussitôt chercher le capitaine. Sans
s'émouvoir outre mesure, celui-ci doubla
immédiatement les factionnaires et fit fermer

toutes les portes. Puis, il monta s'entendre avec le maire, Albert Leroy. Ces messieurs tombèrent tout de suite d'accord, pour décider qu'on ne rendrait pas la place sans une résistance tout au moins morale; qu'avant de se retirer, on parlementerait, on s'informerait en vertu de quels ordres le maire élu de l'arrondissement était invité à évacuer la mairie, etc.

Sur ces entrefaites, on vint nous dire que ce n'était pas un, mais trois bataillons, que nous allions avoir sur le dos: le 120°, le 186° et un autre bataillon de Ménilmontant; qu'ils étaient commandés par un colonel de nouvelle formation, et qu'ils arrivaient, décidés à mettre à la raison cet arrondissement de réacs et de calotins, disaient-ils.

Ceci changeait singulièrement l'état des choses. Ce n'était pas, évidemment, avec les dix ou douze hommes en ce moment à la mairie que l'on pouvait songer à résister aux quinze cents ou deux mille fédérés qui allaient nous assaillir dans un instant.

Le maire, tout le premier, déclara qu'il se
refusait à prendre la responsabilité d'une
lutte engagée dans ces conditions, d'autant
plus que, si l'on poussait à bout, par une
résistance qui ne pouvait pas être sérieuse,
des gens passablement excités, on ne savait
pas à quelles extrémités ils se porteraient sur
le quartier tout entier.

Le capitaine Meunier dut convenir lui-
même que l'hésitation était impossible.

En conséquence, il fut décidé que la
mairie serait évacuée immédiatement, avant
toute attaque; que la porte serait ouverte par
le concierge, à la première réquisition, pour
ne fournir aucun prétexte à d'inutiles dégra-
dations.

Mais il fallait se hâter. On entendait déjà
très distinctement les tambours des trois
bataillons de Ménilmontant, et il était trop
tard maintenant pour que nous pussions nous
retirer par la place; on nous fit donc passer
par la porte de derrière de la mairie, qui
donne sur la petite rue Carpentier. Nous nous

dispersâmes aussitôt, avec l'ordre de rentrer chacun chez nous.

Le maire et le capitaine Meunier sortirent les derniers, après s'être assurés qu'il ne restait personne derrière eux.

Il était temps, car déjà l'avant-garde des fédérés débouchait sur la place par la rue Bonaparte.

J'étais très curieux, pour ma part, de voir ce qui allait se passer; aussi pris-je à peine le temps de monter chez moi, d'y déposer mon fusil et mon sac, et j'en redescendis aussitôt, pour regagner la place Saint-Sulpice par le Luxembourg et la rue Férou.

Quelle ne fut pas ma surprise, en arrivant, de voir que de véritables dispositions stratégiques étaient prises, comme s'il se fût agi de faire le siège en règle de la mairie !

La place était entièrement évacuée, et un double cordon de fédérés barrait l'entrée des rues avoisinantes, afin d'assurer les assaillants contre toute surprise.

Près de la fontaine, j'aperçus, Dieu me

pardonne! une pièce de canon en batterie ; mais, comme je ne vis auprès d'elle ni caisson ni desservants, je supposai qu'elle était là uniquement pour la forme, afin de jeter l'effroi dans l'âme des assiégés et paralyser leur résistance.

Au centre de la place, enfin, une colonne d'attaque était formée, et, du coin de la rue Férou, j'aperçus un officier à cheval, qui haranguait ses hommes avec de grands gestes et de grands éclats de voix.

Il avait une immense capote gris de fer, décorée aux manches de quatre ou cinq galons d'or, et un képi, très galonné également, crânement campé sur sa longue chevelure bouclée. Une cravate, d'un blanc sale, était nouée négligemment à son cou et flottait au vent.

Presque debout sur son cheval, il se démenait comme un possédé, en avant de ses soldats, et brandissait son sabre au-dessus de sa tête, comme s'il eût voulu pourfendre mille ennemis invisibles.

Enfin, sa harangue terminée, le bouillant
colonel poussa vivement son cheval et
s'élança, tête baissée, contre la porte de la
mairie, qui s'ouvrit tranquillement; et toute
la colonne s'engouffra sous la voûte.

Quelques instants après, aux fenêtres du
premier étage, on put voir apparaître les
vainqueurs, debout sur les balcons, agitant
en l'air képis et chassepots, et hurlant d'une
voix triomphante : *Vive la Commune!*

Puis, un mauvais gavroche en vareuse,
d'une quinzaine d'années, se penchant à la
fenêtre centrale, au-dessus de la porte d'entrée, arracha le drapeau tricolore et le jeta
sur le trottoir, aux acclamations de toute la
bande.

En entendant la hampe du drapeau se
briser sur le pavé, je tressaillis, comme si
j'avais reçu moi-même un coup. Je ressentais,
pour mon compte personnel, l'humiliation
infligée à l'emblème du pays; et l'indignation,
la colère qui m'envahirent furent si vives,
que j'allais faire quelque imprudence sans un

14

ami que j'avais retrouvé là fort heureusement, et qui m'emmena au moment où les
braves fédérés, qui barraient l'entrée de la
rue, commençaient à nous regarder tous les
deux d'un œil qui n'avait rien de bienveillant.

— Sais-tu quel est ce colonel de la Commune qui commandait l'attaque? me demanda
mon ami, quand nous fûmes à bonne distance de ces héros, victorieux à si peu de
frais.

— Cette espèce de doublure de Mélingue,
qui faisait faire de la haute école à son cheval? Ma foi, non.

— Comment! tu ne l'as pas reconnu? C'est
Narbonne, l'acteur du boulevard.

— C'est donc cela! Il se croyait encore à
l'Ambigu!

Depuis ce jour glorieux, qui dut compter
dans sa carrière militaire, le colonel Narbonne eut encore occasion de jouer plusieurs
rôles quelque peu plus sérieux, sans sortir
cependant de son emploi; notamment, pen-

dant la sanglante bataille de huit jours,
comme on l'a appelée. Le jeudi 25 mai (j'ai
entendu raconter le fait, devant moi, par
Jules Vallès en personne, lorsque la barricade
du boulevard du Temple fut attaquée par la
ligne, le colonel Narbonne, qui dirigeait la
défense, au lieu de se dissimuler, comme ses
hommes et les autres officiers, derrière l'a-
mas des pavés, se campa résolument debout
sur la barricade, et, là, dressant sa grande
taille et son immense capote gris de fer, il
commanda et dirigea le feu avec une intré-
pidité merveilleuse et une incroyable insou-
ciance du danger. Un éclat d'obus, qui l'at-
teignit à la cuisse et le mit hors de combat,
ne tarda pas à lui démontrer que le drame
qui se jouait ce jour-là n'était que trop réel.

Nous retrouvons, quelques mois après,
le colonel Narbonne à Versailles, devant
le 3e conseil de guerre d'abord, puis devant
le 6e. On l'avait ramassé à moitié mort, boulevard du Temple, et porté à l'ambulance.
Puis, quand il avait été, sinon à peu près

guéri, du moins en état d'être transporté, on
avait instruit son affaire. Il était encore loin
d'avoir l'usage de ses deux jambes, le jour
où il comparut devant le conseil de guerre ;
car il fit son entrée en traînant péniblement
son grand corps sur deux béquilles, ce qui ne
l'empêchait pas de tenir haut sa forte tête
aux longs cheveux rejetés en arrière. Cette
allure théâtrale ne semble pas avoir attendri
outre mesure les magistrats militaires ; car ils
le condamnèrent à mort une première fois
d'abord ; puis, le jugement ayant été cassé
pour vice de forme, une seconde fois.

Il est vrai que sa peine fut ensuite commuée
en celle des travaux forcés à perpétuité.

Ici, les documents nous font défaut. Tout
porte à croire qu'en Nouvelle-Calédonie le
colonel Narbonne continua comme par le
passé à donner l'essor à son génie dramatique, et qu'il se fit un devoir de charmer les
loisirs forcés de ses compagnons d'exil, en
faisant défiler devant eux les principaux rôles
de son répertoire.

L'amnistie a rendu le colonel Narbonne à sa belle patrie. On me l'a montré l'autre jour, devant le café de Suède, qui prenait le vermouth, en compagnie de quelques jeunes premiers de province à la recherche d'un engagement.

Il paraît, d'après les derniers renseignements, que le colonel Narbonne est rentré plus ou moins brillamment dans la carrière dramatique, et qu'en ce moment même il se prépare à créer un rôle important dans une pièce à grand spectacle, qu'il a écrite lui-même, afin de s'y tailler un personnage à sa véritable mesure.

III

A la fin de mars, le 19ᵉ bataillon, dont je faisais partie, ne s'était pas encore dissous; ou, pour parler plus exactement, après avoir été dissous, il s'était reconstitué de sa propre autorité, en se donnant pour mission bénévole de veiller à la sécurité matérielle du quartier, fort menacée depuis la disparition de toute espèce de police.

La Commune, se sentant peu populaire dans notre arrondissement, avait fait semblant de ne pas s'apercevoir de notre audace, d'autant que nous avions déclaré vouloir nous renfermer exclusivement dans notre rôle de *policemen* volontaires.

Du reste, en ces beaux jours d'anarchie, où tout le monde entendait commander et où personne n'entendait obéir, on était à peu près libre de faire ce qui vous passait par la tête, et les fonctions étaient à qui voulait les prendre.

Nous nous bornions à faire des patrouilles, la nuit, dans les rues les plus désertes, à guetter les commencements d'incendie, à ramasser les ivrognes, à donner la chasse aux filous.

Le jour, nous nous relayions pour monter la garde dans quelque poste du quartier, tantôt ici, tantôt là.

Sans nous faire de grandes illusions sur l'importance du rôle que nous nous étions attribué, nous pensions qu'à un moment donné, si quelque coup d'action venait à surgir (et qui pouvait prévoir, avec le singulier gouvernement que nous avions, ce que le lendemain pouvait amener?), il ne serait peut-être

pas inutile d'avoir sous la main une force or-
ganisée, si peu considérable qu'elle fût. Nous
n'étions qu'une poignée ; mais, dans certaines
circonstances, une poignée de gens résolus
peut beaucoup.

Nos rapports avec la municipalité impro-
visée du VIᵉ arrondissement étaient, on le
comprend, d'une froideur extrême.

Il avait fallu la fermeté, et en même temps
l'adresse, de notre capitaine, un fin matois qui
ne s'effrayait pas de grand'chose, pour nous
imposer au citoyen délégué.

A deux ou trois reprises, on avait essayé de
nous commander directement pour un service quelconque : mais nous n'avions tenu
aucune espèce de compte desdits ordres et
on avait eu le bon goût de ne pas insister.

Alors, on s'y était pris autrement. Pour
paralyser notre mauvaise volonté évidente,
on avait eu l'idée de nous encadrer au milieu
de bataillons fédérés, en nous commandant
pour un service de police intérieure. Nous ne
nous étions pas davantage laissé faire et nous

avions carrément refusé, en donnant je ne sais plus quel prétexte.

De guerre lasse, on avait fini par nous laisser tranquilles. Il était évident pour chacun de nous que les choses ne pouvaient pas aller ainsi bien longtemps. Mais, bah ! cela durerait ce que cela durerait. En attendant, nous étions décidés à tenir bon jusqu'à ce qu'on nous eût mis formellement en demeure, ou de faire acte public de soumission à la Commune, ou de nous dissoudre.

Un jour, l'ordre nous arriva de la Place d'aller le lendemain relever un autre bataillon au poste de l'Odéon, où un dépôt de vivres et de munitions avait été installé. Ces vivres et ces munitions provenaient, je crois, de la division Maudhuy, qui, à la suite de l'armistice, était venue occuper le palais du Luxembourg et n'avait pas trouvé mieux que l'Odéon pour loger ses approvisionnements.

L'Odéon se trouvant dans notre quartier, et le service commandé étant un service d'ordre purement et simplement, à l'heure dite nous

arrivâmes, tambour en tête, sur la place
de l'Odéon.

Ah! notre pauvre théâtre! dans quel état
de dégradation nous le trouvâmes! C'était
à faire pleurer les vieux abonnés qui
naguère y avaient passé tant de bonnes soi-
rées!

Pendant la dernière partie du siège, le
grand foyer avait été changé en ambulance,
et les allées et venues de tout genre néces-
sitées par cette patriotique transformation,
y avaient laissé partout des traces non équi-
voques.

Les marches de l'escalier disparaissaient
presque entièrement sous une couche de
poussière et de boue séchée. Des détritus
sans nom s'étaient accumulés dans les coins.

Une humidité glaciale suintait des murs,
et de partout se dégageait une odeur nau-
séabonde qui vous prenait à la gorge. Ajou-
tez à cela la demi-obscurité, qui rend l'intérieur des théâtres si lugubre en plein jour, et
vous aurez une idée du serrement de cœur

que nous éprouvâmes en mettant le pied dans notre vieil Odéon.

Nous campâmes tant bien que mal dans le grand vestibule du premier étage, non sans l'avoir au préalable largement aéré et débarrassé des débris de toute espèce qui l'encombraient.

Il faut croire que les gens que nous venions de relever n'étaient pas de goûts très délicats, car ils n'avaient point pris la peine de donner le moindre coup de balai, et s'étaient établis tranquillement au milieu de la saleté.

J'ai dit qu'un dépôt de vivres et de munitions avait été installé dans le théâtre même.

Il y avait, entre autres choses, un tas de pains de munition, que nous étions chargés de délivrer aux citoyens et citoyennes qui se présenteraient avec un bon signé du citoyen délégué à la municipalité du VIᵉ.

Ces pains venaient de je ne sais où et ne payaient point de mine. Il s'en exhalait un parfum de moisi qui ne donnait point envie d'y mettre la dent.

Instinctivement,nous choisissions les meilleurs, ou les moins mauvais, surtout quand le porteur du bon avait l'air honnête, ou réellement malheureux. Mais, à force de choisir, il ne resta plus que les pires.

Et précisément, il se présenta une pauvre femme, accompagnée de deux enfants chétifs et misérablement vêtus : bien qu'ils eussent tous trois l'air de mourir de faim, en voyant le pain noirâtre et à demi pourri qu'on leur offrait, ils firent une grimace de dégoût.

Apitoyé par ce spectacle, un de nos camarades prit le bon, et, faisant signe à la femme de le suivre, il l'emmena chez le boulanger qui fait l'angle de la rue Corneille et de la rue de Vaugirard, et lui acheta un pain blanc de quatre livres, dont elle tailla immédiatement deux énormes chanteaux à ses enfants.

Après celle-là, il s'en présenta d'autres; et, sans se lasser, notre charitable camarade recommença son petit voyage à la boulangerie.

Cependant, quelques-uns d'entre nous se piquèrent d'honneur et ne voulurent pas laisser à celui-ci la charge exclusive de sa généreuse initiative ; il fut entendu que ce serait chacun notre tour à prendre sa place.

Mais il vint tant et tant d'amateurs, que c'était à croire qu'ils s'envoyaient les uns les autres et qu'ils se donnaient le mot pour profiter de l'aubaine.

— Ce n'est pas la multiplication des pains, c'est la multiplication des bons de pain, dit notre caporal en riant.

Le fait est que cela devenait fantastique. Nous avions peine à suffire à la besogne, et c'était, entre la boulangerie et l'Odéon, une navette continuelle qui intriguait considérablement les passants. Fatigués à la fin par ces incessantes promenades, nous convînmes avec le boulanger qu'il délivrerait un pain de quatre livres à tous les gens que nous enverrions et que nous réglerions avec lui à la fin de la journée.

Cela dura ainsi jusqu'à ce que la boutique eût été entièrement dévalisée, et, comme elle était fort passablement garnie, la petite opération se continua un bon bout de temps.

Il y avait bien parfois, parmi ceux qui nous honoraient de leur confiance, quelques citoyens de physionomie assez peu catholique, mais nous ne faisions point de différence. Nous trouvions piquant de nourrir des gens qui nous traitaient volontiers entre eux de réacs, de calotins, de repus vivant de la sueur du peuple.

Notre caporal, un vrai gamin de Paris (ce qui ne l'empêche pas d'être aujourd'hui un des plus graves notaires de la place), ne se gêna point pour en faire la remarque, en présence d'un porteur de bon à mine farouche qui se montrait modérement poli.

— Je regrette infiniment, citoyen communard, ajouta notre joyeux camarade, de ne pas pouvoir vous accompagner moi-même chez le boulanger. Mais, si vous préferiez ne pas vous déranger, tenez, il nous reste encore là-bas, dans le coin, quelques pains de munition, qui sont le bien de la Commune. Vous êtes parfaitement libre de choisir dans le tas.

Le citoyen ne répondit rien et partit en jetant un mauvais regard à notre caporal, qui riposta par un aimable sourire : en nous quittant, toutefois, le communard n'oublia point de passer chez le boulanger.

— Prenez garde ! dis-je à notre camarade. Vous allez nous attirer quelque méchante affaire.

— Bah ! dit-il en levant les épaules insoucieusement. Il serait piquant que la Commune nous arrêtât parce que nous nourrissons de notre poche les gens qu'elle laisse crever de faim. Pour la curiosité de la chose, je ne serais pas fâché de voir ça.

Le vœu de l'imprudent caporal devait être réalisé plus tôt qu'il ne le pensait lui-même ; car, une demi-heure après, un ami inconnu nous fit avertir que l'on était venu nous dénoncer à la mairie, en disant que nous

ameutions les citoyens contre la Commune
et que nous leur faisions des distributions de
vivres et d'argent. Cet ami charitable nous
invitait à nous tenir sur nos gardes et nous
informait que nous allions recevoir la visite
d'un délégué, envoyé pour s'assurer en personne de la réalité de ce qu'on nous reprochait.

En effet, nous ne tardâmes point à voir
arriver par la rue de Condé un officier
d'état major galonné jusqu'au coude et
dont la vareuse à revers rouges semblait
indiquer qu'il était en tournée d'inspection; il
était accompagné de quelques gardes fédérés,
parmi lesquels nous reconnûmes l'homme
au visage louche, que notre caporal avait si
comiquement malmené.

Par prudence, nous obligeâmes celui-ci à
monter au premier étage, et nous nous pré-
parâmes à recevoir le citoyen délégué avec
tous les égards qui lui étaient dus.

Après quelques pourparlers sans importance, notre capitaine expliqua tranquil

lement ce qui s'était passé et, montrant les pains noirs et moisis que la Commune nous avait chargés de distribuer, il offrit gracieusement au délégué d'y goûter, pour s'assurer s'ils étaient mangeables.

A cela, il n'y avait pas grand'chose à répondre. Comprenant cependant ce qu'il se cachait d'ironie et de sourde hostilité sous la parfaite correction de notre attitude, le citoyen délégué voulut faire acte d'énergie, et, se tournant vers nous avec dignité, il commençait à nous adresser un véritable discours d'une voix emphatique, bien que légèrement enrouée, lorsque tout à coup il s'arrêta stupéfait.

Du haut de l'escalier, à demi plongé dans l'obscurité, une sorte de fantôme, majestueusement drapé dans une couverture et la tête enveloppée d'une serviette, dont les plis retombaient sur ses épaules comme la coiffure d'un sphinx, descendait lentement.

Avant d'arriver aux dernières marches, le fantôme, détachant brusquement son

bras droit qu'il tenait replié sur son cœur
et l'étendant vers le délégué, s'écria,
d'une voix lamentable :

> Vous qui venez ici parler au nom du peuple,
> Dans ce temple désert que le silence peuple,
> Arrêtez, ou soudain dans une mer de sang
> Mon ombre va venger cet outrage au bon sens !

Un rire homérique, partant à la fois de
toutes nos poitrines, salua l'apostrophe
inattendue de notre fantaisiste caporal, car
c'était lui, on l'a déjà deviné.

Quant au délégué, ahuri tout d'abord, il
ne tarda pas à entrer dans une violente
fureur, et tourna les talons en nous laissant
pour adieu un geste de menace.

Une heure après, il revenait à la tête
d'une compagnie du 83me, et tendait à notre
capitaine un ordre de la Place qui nous
relevait immédiatement de notre poste, et
nous remplaçait par une compagnie d'un
autre bataillon de l'arrondissement.

Le capitaine prit l'ordre, s'assura qu'il
était bien en règle ; après quoi, il releva ses

factionnaires, nous rangea sous le péristyle,
commanda par file à gauche et nous ramena
jusqu'au lieu habituel de réunion du bataillon, où nous rompîmes les rangs pour rentrer
chacun chez nous.

Ce fut notre dernier service. Le lendemain, un arrêté de la Commune prononçait
la dissolution du 19me bataillon et nous rendait aux douceurs de la vie privée.

AU BOIS

Non, il n'y a qu'à Paris que ces choses-là
arrivent !

Je descendais tranquillement l'autre jour
l'avenue des Champs-Elysées, la cigarette
aux lèvres. Il faisait une après-midi charmante, ensoleillée, ni trop chaude, ni trop
poussiéreuse, un temps à souhait pour le
plaisir des yeux, des poumons et des jarrets.

Aussi l'avenue avait-elle son animation
joyeuse des grands jours, et je suivais com-

plaisamment de l'œil la foule des équipages
qui montaient vers le Bois.

A la hauteur de la rue de Berri, je vis
arriver de loin une américaine attelée de
deux chevaux bai-brun d'une admirable *per-
formance,* comme on dit sur le *turf.* La voiture
elle-même, avec son énorme cocher en livrée
marron et le valet de pied, correct, immobile,
impassible, à côté du cocher, avait fort bon
air.

Une jeune femme, toute mignonne et toute
charmante, frileusement serrée dans un
manteau de loutre, était gracieusement assise
dans la voiture, le dos appuyé contre un cous-
sin de peluche. Malgré la voilette qui cachait
le haut du visage, je distinguais parfaitement
deux grands yeux noirs, pétillants de malice
et de gaieté. Quant à la bouche, c'était une
jolie bouche rose, coquettement relevée au
coin des lèvres.

Pendant que je la regardais ainsi, non
sans une certaine complaisance, je crus remarquer qu'elle me regardait de son côté.

Puis, je la vis qui se penchait en avant pour
donner un ordre au cocher, et l'américaine,
quittant la file, vint aussitôt ranger le trottoir
et s'arrêter à quelques pas de moi. En même
temps, je m'entendis appeler par mon nom,
pendant que de la main la jeune dame me
faisait signe d'approcher.

J'obéis, fort intrigué, car je ne la reconnaissais pas du tout. Cependant, à mesure
que je m'avançais vers elle, il me sembla
que ses traits ne m'étaient pas étrangers.
Mais où l'avais-je vue? Peut-être m'étais-je
trouvé placé à côté d'elle, cet hiver, dans un
de ces grands dîners de gala, où l'on ne connaît pas toujours ses voisines. En tout cas,
puisqu'elle savait mon nom, il ne pouvait pas
y avoir d'erreur. C'était bien moi, ce n'était
pas un autre, qu'elle avait appelé, et à qui
elle avait fait signe d'approcher.

— Cher monsieur, me dit-elle, d'une voix
qui me frappa par son timbre bien connu, sans
que je pusse cependant y trouver une indi-
cation suffisante, vous seriez bien aimable

d'avoir pitié de ma solitude et de m'accompagner jusqu'au Bois.

Et, de sa main fluette, étroitement gantée
de Suède, sur laquelle retombaient en cascade je ne sais combien de bracelets en or et
en argent, elle me montrait une place à côté
d'elle.

La proposition était si inattendue que je
demeurai un instant interdit, les yeux stupides et le chapeau à la main.

Il fallait sortir cependant de cette situation
légèrement ridicule, d'autant qu'on commençait à nous regarder. Hésiter plus longtemps,
d'ailleurs, n'était-ce point risquer de faire
comprendre à la dame que sa proposition
était un peu bien osée?

Je me décidai donc brusquement à monter,
et l'américaine reprit aussitôt le chemin du
Bois.

Maintenant que je voyais de plus près ma
charmante inconnue, j'étais plus sûr encore
de m'être trouvé maintes fois en face ou à
côté d'elle; seulement je ne parvins pas à

mettre un nom sur son joli visage. Je n'en fis rien voir, naturellement, et je m'efforçai de diriger habilement la conversation, de façon à lui laisser croire que je l'avais parfaitement reconnue.

De son côté, elle me connaissait bien réellement : car elle me parla du dernier roman que j'avais publié, en femme qui l'avait lu et même apprécié.

— J'aime beaucoup ce que vous faites, me dit-elle avec une grâce charmante ; seulement, pourquoi vos romans finissent-ils toujours aussi tristement ?

— La vie est-elle donc si gaie ? répondis-je. Et, quant à moi, je l'avoue, il m'est impossible d'écrire autre chose que ce que j'ai vu ou ce que j'ai senti moi-même.

— Bah ! dit ma jolie compagne avec un sourire, la vie n'est, le plus souvent, que ce qu'on la fait ! En tout cas, pourquoi toujours voir les choses en noir ou en gris ? C'est tout aussi faux que de les voir toujours en rose, et c'est infiniment moins amusant.

Lancée sur cette pente savonneuse, la
conversation fit rapidement un bon bout de
chemin. Excité par la gaieté de cette aimable
jeune femme, je finis par m'abandonner au
charme de la situation, et, renonçant à percer le mystère qui donnait à l'aventure un
tour encore plus piquant, je me contentai de
jouir en philosophe de cette promenade im-
provisée en gracieuse et spirituelle compagnie.

Quand nous fûmes arrivés au bord du Lac,
les équipages se firent plus nombreux et
nous dûmes marcher au pas. D'autres voitures venaient en sens inverse, et à chaque
instant nous échangions des saluts avec ceux
qu'elles ramenaient à Paris.

Peu familier avec ce personnel immuable
des promenades quotidiennes au Bois, je
retrouvais cependant, par-ci par-là, quelques
figures connues, ces figures que l'on voit partout, aux premières et dans les salons à la
mode. En revanche, ma compagne semblait
connaître tout le monde, à en juger par la

quantité de coups de chapeau et de sourires
discrets qu'elle recueillait au passage.

A l'angle de la butte Mortemart, nous croi-
sâmes un cavalier monté sur un admirable
cheval noir, qui laissa échapper, en apercevant mon aimable inconnue, un geste de surprise et de colère, et, fouaillant son cheval
d'un violent coup de cravache, partit à fond
de train dans la direction de Boulogne.

Machinalement, je regardai ma compagne :
ou bien elle n'avait rien remarqué, ou ce
qu'elle avait vu la laissait parfaitement indifférente, car elle n'interrompit point une seule
minute je ne sais quelle petite histoire assez
mouvementée qu'elle me racontait en ce moment : au contraire, elle se pencha de mon
côté d'un air encore plus familier, en appuyant
le mot de la fin de sa petite histoire d'un
joyeux éclat de rire.

Malgré cela, je ne sais pourquoi, la pensée
me vint subitement que ma présence sur les
coussins de l'américaine devait être pour
quelque chose dans la fureur subite du cava-

lier au beau cheval noir : et, bien que je ne sois rien moins qu'un fat, cette pensée ne me déplut point; elle ajoutait à l'aventure un piment nouveau. Si ce que je me figurais était vrai, ledit cavalier ne pouvait manquer de revenir; et si, réellement, il trouvait mauvais que je fusse où j'étais, l'affaire pouvait prendre une tournure sérieuse, et l'occasion s'offrirait peut-être à moi de jouer, sous les yeux de ma gracieuse partenaire, un rôle un peu moins pâle et moins sacrifié. Mon imagination trottant, je me voyais déjà remettant l'impertinent à sa place avec une aisance de bon goût, et répondant à ses regards furieux par un calme et un sang-froid tout simplement magnifiques.

Par malheur, nous achevâmes le tour du lac et nous regagnâmes l'avenue du Bois de Boulogne, puis l'Arc de l'Étoile, sans que le cavalier eût reparu.

Cette rencontre, toutefois, n'avait pas laissé que de faire prendre un autre tour à mes idées. Je flairais quelque mystère, que

je m'évertuais en vain à pénétrer. Il me semblait maintenant, à la bien examiner, que
ma jolie compagne était un peu nerveuse et
que sa gaieté pouvait cacher quelque préoccupation. Comment faire pour découvrir si
j'avais deviné juste? Il eût fallu, tout d'a-
bord, savoir qui elle était, et je l'ignorais
absolument.

Brusquement, je me décidai à lui avouer,
moitié en plaisantant, moitié en parlant
sérieusement, que j'avais beau chercher dans
mes souvenirs, il m'était impossible de me
rappeler où je l'avais vue.

— Comment? vraiment, vous ne m'avez pas
reconnue? répondit-elle en éclatant de rire.

Puis elle ajouta :

— Eh bien, si vous voulez que je vous le
dise, je m'en doutais. Du reste, c'est bien
plus drôle ainsi. Figurez-vous que vous avez
passé une heure au bal de l'Opéra avec un
domino hermétiquement masqué !

Et, comme j'insistais pour qu'elle voulût
bien retirer son masque :

— Jamais de la vie! dit-elle. Vous devriez être le premier à me prier de n'en rien faire, pour conserver à notre tête-à-tête improvisé toute sa fleur d'imprévu et d'originalité. Au surplus, je ne veux pas abuser de votre complaisance et vous rends votre liberté. — Alexandre, vous arrêterez au coin de la rue de Berri!

Une minute après, stupéfait, ahuri de la façon inattendue et banale dont se dénouait mon aventure, je sautai machinalement de l'américaine en oubliant, dans mon trouble, de serrer la petite main finement gantée qui se tendait vers moi, et je regardai mon rêve d'un moment se perdre au loin dans la foule des voitures qui descendaient les Champs-Élysées.

En entrant au Journal, une heure plus tard, je rencontrai notre chef des échos, qui m'accueillit par le sacramentel:

— Quoi de nouveau?

Fernand S... est de ces fins limiers qui font profession de connaître tous les coins et tous

les dessous de Paris. Je pensai que peut-
être il pourrait me donner le mot de l'énigme,
et je lui racontai ce qui venait de m'arriver
sans en rien omettre.

Il me laissa aller jusqu'au bout en souriant,
puis il me dit :

— Deux chevaux bai-brun, très jolis, une
américaine marron, et tu dis que le cocher
s'appelle Alexandre?

— Oui.

— Et le cavalier que vous avez croisé près
de la butte Mortemart, un grand, n'est-ce
pas? avec toute sa barbe et un lorgnon? une
tête d'Allemand?

— Parfaitement.

— Eh bien, mon cher, si tu veux revoir ton
inconnue, va-t'en tout simplement ce soir aux
Variétés, et, de huit heures trois quarts à minuit, tu auras tout le temps de la contempler.

— Mais où? aux premières loges? au
balcon?

— Allons donc, grand innocent! Sur la
scène!

— Comment! sur la scène?

— Ah çà! voyons, où avais-tu les yeux et l'esprit pour n'avoir pas reconnu tout de suite Rose-Marie?

— Rose-Marie!

Au fait, en y réfléchissant, je la reconnaissais parfaitement, maintenant.

Le changement de costume, cette voilette qui lui tombait sur le nez, tout cela ne la déguisait pas au point de la rendre méconnaissable. Et puis est-ce qu'il y avait à Paris une autre femme que Rose-Marie pour avoir ces grands yeux de velours?

— Mais pourrais-tu m'expliquer quelle idée lui a passé par la tête de...?

— Oh! quant à cela, mon pauvre ami, c'est extrêmement simple. Sans doute, elle avait eu ce matin avec le duc (ce grand cavalier à tête d'Allemand, tu sais?) une petite explication orageuse; et alors, pour le ramener, elle aura voulu essayer du truc de la jalousie.

— Eh bien, elle m'a fait jouer un joli rôle dans tout cela!

— Bah! mon cher, de plus forts que toi en
ont joué de plus ridicules! Plains-toi, d'ailleurs, je te le conseille. Deux heures de tête-
à-tête, et de tête-à-tête public encore, avec
une des plus jolies femmes, et des plus spirituelles de Paris!

— Grand merci!

Je partis furieux, en ruminant de noirs
projets de vengeance; j'expédiai mon dîner
à la hâte et m'habillai pour aller aux Variétés.

La première figure de connaissance que
j'aperçus en entrant dans la salle, ce fut celle
du duc, tranquillement installé dans la grande
avant-scène de gauche. Sans doute le « truc
de la jalousie » avait réussi.

Le rideau se leva et Rose-Marie fit son
entrée. Je retrouvai tout de suite mon inconnue! Comment avais-je pu m'y tromper un
seul instant? Elle paraissait un peu plus
grande, à cause de la scène, mais cette
bouche mignonne relevée à la commissure
des lèvres, ces yeux noirs, cette grâce un peu
gamine de toute sa personne! c'était bien elle!

Elle m'aperçut à l'orchestre, car elle regarda de mon côté à plusieurs reprises ; je crus
même remarquer qu'elle sourit légèrement
en me reconnaissant, ce qui ne contribua
pas à me calmer.

A l'entr'acte, je sortis l'un des premiers,
et, traversant le passage, je gagnai rapidement l'entrée particulière du théâtre, qui
débouche sur la galerie Saint-Marc.

— Mademoiselle Rose-Marie ? dis-je au
concierge en donnant le nom de notre courriériste théâtral.

— Au premier. Le numéro 7.

En me voyant entrer, ma compagne de
l'après-midi, qui se trouvait seule avec son
habilleuse et refaisait sa figure devant sa
toilette, me tendit tranquillement la main,
sans la moindre surprise et sans la plus
légère appréhension, comme si elle se fût
attendue à ma visite.

— Ainsi, vous m'aviez parfaitement reconnue ? me dit-elle.

J'ouvris la bouche pour répondre je ne sais

quelle impertinence; mais, en voyant cette
charmeuse, encore tout enfiévrée de l'animation de la scène, s'abandonner devant moi à
son joli manège de coquetterie, essayer dans
la glace le sourire de ses lèvres et l'éclair de
ses jolis yeux, je sentis toute ma colère
tomber brusquement, et je répondis à la
belle par des compliments, plus ou moins en
situation, qui la firent éclater de rire.

— Allons! dit-elle, vous êtes un excellent
comédien, car j'aurais juré que vous ne
m'aviez pas reconnue.

A ce moment, la voix de l'avertisseur cria
dans le couloir :

— En scène pour le *deuxième!*

— Vous reviendrez? me dit Rose-Marie
en me tendant la main.

— Et vous me présenterez au duc? répondis-je.

Elle me regarda un moment sans rien dire,
un peu étonnée; puis brusquement :

— Allons! décidément, vous êtes un
homme d'esprit.

— Soit, continuai-je. Mais, si je n'avais pas été l'homme que vous dites, cependant?

— Eh bien, mais, je ne me serais pas adressée à vous. Voilà tout.

Là-dessus, elle disparut dans le couloir. Quant à moi, au lieu de rentrer au théâtre, j'allai m'asseoir à une table du café de Suède et j'écrivis cette petite histoire.

Et ce fut là ma seule vengeance!

II

Jeudi dernier, en arrivant au théâtre pour
la répétition de *Marat dans le marasme*,
comédie-vaudeville historico-politico tinta-
maresque en trois actes, quatre tableaux,
sur laquelle la Direction fondait les plus
grandes espérances, les artistes qui étaient
de la pièce trouvèrent la dépêche suivante
sous le cadre du tableau, à l'entrée du foyer:

« Impossible assister répétition. Retenu
Saint-Germain. Enfant malade.

            » GRIVOIS. »

Au-dessous, Landrin, le régisseur du théâtre, avait écrit de sa plus belle anglaise :

« M. le directeur étant retenu lui-même à Ville-d'Avray par une violente attaque de goutte, il n'y aura pas de répétition aujour-d'hui. »

Puis, plus bas :

« Demain, midi, répétition de *Marat dans le marasme.* »

— Elle est mauvaise ! s'écria Potel, arrivé le premier ce jour-là par hasard. Ils sont étonnants de sans-gêne, ces auteurs et ces directeurs, avec leurs enfants malades et leurs attaques de goutte ! Ils se figurent, peut-être, que nous coupons dans ces ponts-là !

— Qu'est-ce qu'il y a encore ? demanda Sylvan, tout essoufflé d'avoir escaladé les deux étages au pas de course.

— Pas de répétition aujourd'hui, mon vieux !

— Tiens ! tiens ! tiens ! dit Sylvan, qui ajouta tranquillement, sans s'émouvoir outre mesure de la nouvelle : Viens-tu faire un domino chez Frontin?

Dans l'escalier, ils rencontrèrent Deraines, Larmont et Desveaux, qui montaient avec mesdames Destival, Julia Latour et Marie Dégremont.

Ce furent de beaux cris. On aurait bien pu les prévenir à domicile, leur envoyer une dépêche. On ne dérange pas les gens pour les faire se casser le nez en arrivant. Les artistes ne sont pas des chiens pour être traités de la sorte! etc., etc.

En bas, sur le seuil de la porte de sa loge, madame Morin, la concierge, parlementait avec madame Reinoir, qui paraissait furieuse. Dufernays et Chevalier s'amusaient à exciter la bonne dame, en faisant semblant de vouloir la calmer.

On sortit, tous ensemble, en déclarant qu'auteur et directeur n'étaient que des lâcheurs. Vrai, ce n'était pas la peine de se montrer si exigeants pour l'exactitude avec leurs artistes! Eux aussi, ne pouvaient-ils pas avoir, à leur tour, un enfant malade ou la goutte? Et qu'on vienne maintenant leur parler d'amende pour un simple retard de dix minutes! on serait bien reçu!

La vérité, c'est qu'au fond de cette mauvaise humeur il y avait surtout le désappointement de ne pas répéter. Les artistes sont ainsi, depuis le premier rôle jusqu'au dernier cabot. Ils passent leur temps à geindre et à pester contre leur esclavage ; mais ils y sont si bien rompus que c'est devenu pour eux un besoin de tous les instants.

Ils vivent pour leur théâtre et ne vivent que pour lui; aussi, dès que celui-ci vient à leur manquer, se trouvent-ils tout désemparés.

Au moment où nos gens allaient se séparer à la porte du théâtre, et tirer chacun de leur côté, un landau, attelé de deux superbes chevaux bai-brun, vint ranger le trottoir.

C'était Lisa Brunet, qui arrivait pour la répétition, en retard de vingt bonnes minutes, suivant son habitude.

On lui fit une ovation, et, comme elle
ouvrait de grands yeux en voyant tout le
monde s'en aller, et qu'elle demandait si la
répétition était déjà finie, Chevalier, qui
n'était jamais à court de mauvaises charges,
lui déclara qu'on n'avait rien pu faire sans
elle, et que l'auteur avait renvoyé la répétition au lendemain.

Notez qu'elle n'avait que quelques mots
à dire au quatrième tableau, et que, par conséquent, son absence n'aurait fait ni chaud
ni froid.

Lisa Brunet est une très jolie fille, mais
d'une intelligence qui ne dépasse pas la
moyenne, soyons galant! Elle comprit cependant qu'on se moquait d'elle et demanda des
explications à madame Destival, qui, toujours bonne personne, la mit au courant de
la situation.

— Eh bien, voilà qui est amusant! s'écria
la belle enfant. C'est moi qui ne me serais
pas dérangée si j'avais su! On voulait justement m'emmener à la campagne!

6.

— A la campagne! répliqua Chevalier, c'est une idée. Si nous y allions, à la campagne?

— C'est cela! firent d'autres voix en manière d'écho. Allons à la campagne!

— Mais, dit Larmont, vous m'avez tout l'air d'oublier, mes enfants, que nous jouons ce soir.

— Qu'est-ce que cela fait? Pourvu que nous soyons au théâtre à huit heures, c'est tout ce qu'il faut. Nous avons le temps. Il n'est pas une heure!

— Et où aller?

— Allons à la Porte-Jaune, au Bois de Vincennes, dit Julia Latour. La bière y est très bonne. Et puis il y a des salons qui donnent directement sur le lac. C'est charmant!

— A la Porte-Jaune! à la Porte-Jaune!

Larmont et Desveaux, seuls, firent encore quelques observations, mais pour la forme. Les autres acceptèrent tout de suite. C'était une façon comme une autre de passer une journée dont ils ne savaient que faire. Quant

aux dames, elles étaient ravies; elles ado-
raient la campagne, et elles avaient si peu
d'occasions d'y aller! madame Destival regrettait seulement de ne pas avoir été prévenue; elle se serait habillée en conséquence.

Justement, le temps était des plus enga-
geants, et l'après-midi promettait d'être fort
agréable.

Comme tout le monde ne pouvait pas tenir,
naturellement, dans le landau de Lisa Brunet,
il fut décidé qu'on irait à Vincennes par le
grand omnibus qui part du square des Arts-
et-Métiers; ce serait plus démocratique, et
moins cher, que d'y aller en voiture, et ce
serait plus amusant que le chemin de fer.

Lisa Brunet s'offrit à conduire les dames
jusqu'au square. En se serrant un peu, on
tiendrait toutes les cinq. Quant aux hommes,
ils descendraient à pied par les boulevards;
l'affaire d'un quart d'heure!

Un quart d'heure plus tard, en effet, tout
le monde se retrouvait au bureau des omnibus. Personne n'avait lâché pied sur la

route. Potel et Sylvan eux-mêmes avaient
fait le sacrifice de leur partie de dominos.

Les dames voulurent absolument monter
sur l'impériale.

— Ce sera bien plus drôle ! dit Julia
Latour, et on sera tous ensemble !

— Allons-y ! appuya Deraine. Et, comme
ça, nous pourrons fumer !

On escalada le marchepied, non sans
pousser force petits cris, et l'on s'installa
joyeusement sur la banquette, tous les douze
du même côté.

— Et si nous rencontrions le vicomte ? dit
Chevalier à Lisa Brunet, à côté de qui il
avait eu bien soin de s'asseoir, je ne sais pas
s'il ferait une tête !

— Oh ! il n'y a pas de danger ! répondit la
jolie fille, c'est le jour de sa mère !

— Tiens ! tiens ! mais alors, cette partie
de campagne où l'on voulait t'emmener...

Lisa Brunet fit mine de n'avoir pas
entendu, et l'on parla d'autre chose.

Tant qu'on fut sur les boulevards, toute la

bande fut admirable de tenue. Nos artistes
savaient leurs figures trop connues pour se
permettre la moindre fantaisie.

Dans la rue du Faubourg-Saint-Antoine,
on commença à se relâcher un peu de ces
allures d'hommes du monde ; mais ce ne fut
guère qu'une fois la barrière du Trône dépas-
sée qu'on s'abandonna sans réserve à la plus
douce gaieté.

De sa voix aigrelette de ténor léger, Chevalier entonna une chansonnette un peu légère,
excessivement légère même, dont tout le
monde reprit le refrain en chœur.

Les dames s'amusèrent à envoyer des baisers, du bout de leurs gants de Suède, aux
respectables vieillards qui prenaient le frais
sur l'appui de leurs fenêtres.

Puis Desveaux, dressant sa grande taille
sur l'impériale, lança aux populations ébahies
la fameuse tirade de Saint-Vallier, avec
l'accent inimitable de *Meu*sieur *Meu*bant.

*Eu*ne insulte de plus ! — Vous, Sire, écoutez *moué*,
*Cœu*mme vous le devez, puisque vous *êtes roué!*

Vous m'avez *fét* un jour mener pieds nus en *greive;*
Là vous m'avez *fét grécc,* ainsi que dans un *reive.*

Enfin, jusqu'à l'arrivée à Vincennes, ce fut un feu roulant de fumisteries, dans lequel chacun, jeune ou vieux, homme ou femme, tint à faire sa partie.

Dès que l'omnibus se fut arrêté, Larmont et Potel, qui mouraient de soif, voulurent, avant toute chose, entrer au café prendre un vermouth; mais les dames préféraient aller immédiatement dans le bois et elles entraînèrent toute la bande de force.

Julia Latour, qui connaissait le bois de Vincennes comme sa poche, disait-elle, prit la tête de la caravane au bras de Dufernays, pendant que Chevalier suivait avec Lisa Brunet.

Les trois autres dames venaient par derrière avec le gros de la troupe, en causant de choses et d'autres.

On passa devant le donjon, et, tout de suite après, on prit la route de Nogent.

Lisa Brunet trouvant la grande route trop

prosaïque, il fallut s'engager un peu à l'étourdie, dans les petits sentiers, *perdus sous la
feuillée,* si bien qu'on ne tarda point à
s'égarer.

Julia Latour déclara naturellement que ce
n'était pas sa faute, qu'on n'avait pas voulu
l'écouter, qu'elle ne répondait plus de rien.

On finit tout de même par en sortir, grâce
à un brave artilleur, qui bâillait sur un banc,
et qui ne se fit pas prier pour remettre les
promeneurs en bon chemin. Pour le payer de
sa peine, Lisa Brunet embrassa l'artilleur
ahuri, et toute la troupe défila devant lui, la
canne ou l'ombrelle au port d'armes.

Arrivés à la Porte-Jaune, on retint le grand
salon qui donne sur le lac, et, pendant que
les hommes sérieux, Larmont, Deraine et
Desveaux, discutaient le menu avec le garçon, les dames, s'étant débarrassées de leurs
chapeaux et de leurs pèlerines, descendirent
pour distribuer des petits pains aux canards.

Un quart d'heure après, on était à table.
Larmont, en qualité de doyen, s'assit à la

place d'honneur entre Marie Dégremont et madame Reinoir, et ouvrit les hostilités par un *speech* de circonstance, qui mit tout le monde en belle humeur.

Le dîner prit tout de suite une allure des plus folichonnes, et personne ne songea plus à regretter que la répétition eût été remise au lendemain. Bien au contraire, on but à l'enfant de l'auteur, à la goutte du directeur, en émettant charitablement l'espérance que l'un eût une postérité de plus en plus nombreuse et de moins en moins bien portante, et l'autre une série indéterminée de crises de goutte, gravelle, diabète, et autres affections à explosions périodiques, afin que ses fidèles et dévoués artistes eussent encore l'occasion d'aller se consoler sur les bords fleuris du lac de la Porte-Jaune.

De toast en toast, on commença à s'échauffer. Lisa Brunet voulut absolument payer du champagne, et les joues roses des dames ne tardèrent pas à s'animer des plus brillantes couleurs. On alluma des cigarettes, et

Dufernays, invité à conter une de ces petites histoires quelque peu grassouillettes dont il s'était fait une spécialité, s'exécuta de bonne grâce. Chevalier riposta par une série de chansonnettes poivrées en diable, qui achevèrent de mettre le feu aux poudres. De chansonnettes en historiettes et d'historiettes en chansonnettes, le café, la fine champagne et la chartreuse ayant fait leur apparition, la petite fête dégénéra rapidement en une véritable *orgie à la Tour,* comme le déclara pompeusement le sombre Potel.

Tout le monde se mit à crier à la fois, tandis qu'à un bout de la table Chevalier, tout à fait lancé, adressait les déclarations les plus incandescentes à la jolie vicomtesse, qui l'écoutait avec attendrissement. Dufernays, de son côté, serrait de près les appas, un peu mûrs mais savoureux encore, de Julia Latour, qui semblait ne se montrer qu'à demi rebelle. Marie Dégremont et madame Reinoir, plus calmes, se contentaient de sourire dignement aux propos largement

pimentés de leurs voisins. Quant à madame
Destival, qui avait un peu abusé de la chartreuse, elle luttait héroïquement contre une
irrésistible envie de dormir, ses longues
anglaises battant la mesure à droite et à
gauche de sa tête vénérable, et ses yeux
mourants regardant vaguement le gros Larmont, très occupé à sculpter un petit cochon
dans la peau d'une orange.

Desveaux, qui avait des prétentions artis-
tiques, s'écria que le festin lui rappelait de
plus en plus *les Romains de la Décadence*, de
Thomas Couture, moins les costumes, ce
qu'il regrettait vivement pour sa part.

Cependant, Lisa Brunet et Chevalier
s'étaient levés et avaient gagné, en trébu-
chant légèrement, l'une des fenêtres, où ils
avaient continué leur intéressante conversation. Chevalier, de plus en plus tendre, avait
passé son bras autour de la taille de la vicomtesse, et lui chuchotait dans le cou de grosses
bêtises qui la faisaient pouffer de rire.

Soudain, Lisa Brunet, qui, tout en riant des

bêtises de Chevalier, suivait avec un vif intérêt les ébats des canards dans les remous
du lac, s'écria joyeusement en frappant des
mains :

— Une noce! une noce!

En effet, une noce venait de faire son
entrée dans le jardin de l'établissement.

C'était la noce classique, légendaire, la
noce en fiacres, pour laquelle la promenade
au bois de Boulogne ou au bois de Vincennes, avec station plus ou moins prolongée à
la Porte-Jaune ou à la Cascade, est de tra-
dition. Elle était au grand complet, depuis
les vieux parents avec leurs redingotes datant
d'une bonne trentaine d'années et leurs
immenses chapeaux soigneusement brossés,
les mamans relevant leur belle jupe en soie
mordorée de leurs mains gantées de mi-
taines noires; jusqu'aux demoiselles d'honneur serrant sur leur maigre poitrine le
bouquet de reines-marguerites blanches en-
veloppé de son papier à collerette découpée,
et dévorant d'un œil timide le joli cavalier.

frisé au petit fer, qui leur tient le bras. Il y avait encore le brigadier de pompiers, à la moustache cirée, aux boutons luisants comme des soleils, les fillettes en robe de mousseline avec la ceinture de soie rose, et le collégien au pantalon trop court, découvrant des souliers trop longs.

Au cri de Lisa Brunet, tout le monde s'était levé, sauf madame Destival, qui avait pris décidément le parti de s'endormir le nez sur la nappe, ses anglaises inondant de leurs tire-bouchons déroulés le champ de bataille, et l'on était venu s'installer aux deux fenêtres du salon. On s'écrasait littéralement pour ne rien perdre du coup d'œil, et les propos gaillards, les remarques bouffonnes, les sous-entendus polissons, soulignés de gros rires, s'échangeaient d'une fenêtre à l'autre. C'était une joie générale, un délire, qui ne respectait pas plus la grammaire ou la mesure que la morale.

— Chut! dit tout à coup une voix. Les mariés! Voici les mariés !

Chacun baissa le ton aussitôt, pour ne pas effaroucher le jeune couple, qui, pendant que le restant de la noce s'installait bruyamment autour des tables ou se dispersait dans le jardin, semblait chercher un coin discret où abriter son bonheur.

Il venait justement dans la direction des fenêtres, d'où nos artistes le guettaient avec une impatiente curiosité. C'était la mariée surtout qu'on attendait. On voulait voir si elle était jolie et quelle contenance elle gardait, si elle avait l'air bien amoureux.

Ils s'avançaient lentement, tranquillement, sans se douter que chacun de leurs mouvements était épié par une bande joyeuse.

C'étaient deux tout jeunes gens ; le marié pouvait avoir vingt-trois ans et la mariée dix-sept.Ils formaient à eux deux un gentil ménage : lui un grand garçon brun à la moustache naissante ; elle, une petite blonde, toute mignonne, toute rondelette, avec de jolis cheveux frisés, une taille bien prise et un corsage plein de promesses.

Ils ne se tenaient point par le bras, comme font les gens distingués ; ils s'étaient pris la main et marchaient sans se regarder, mais se serrant l'un contre l'autre avec un mouvement qui à lui seul était déjà une caresse et décelait deux cœurs bien épris.

On voyait qu'ils s'étaient mariés parce qu'ils s'aimaient, bonheur aujourd'hui assez rare en dehors des petites gens, et qu'ils ne songeaient qu'à se le dire.

Ils écoutaient le printemps chanter dans leur cœur et s'avançaient comme dans un rêve, sans rien voir, sans rien entendre, comme si rien n'existait en dehors de leurs deux personnes.

Un banc était placé juste au-dessous des fenêtres d'où nos artistes les épiaient curieusement. Les deux jeunes gens vinrent s'y asseoir. La petite mariée, comme écrasée sous le poids de son bonheur, laissa tomber sa tête blonde sur l'épaule de son mari, et celui-ci, la serrant tendrement contre sa poitrine. l'embrassa sur ses cheveux frisés.

— Eh! là-bas, les amoureux! vous ne vous embêtez pas! s'écria tout à coup une voix gouailleuse.

Les deux enfants s'écartèrent aussitôt, par un mouvement instinctif, comme s'ils avaient été surpris faisant quelque chose de mal, et levèrent craintivement les yeux vers les fenêtres.

Mais alors ils virent le joli visage de Lisa Brunet, qui se penchait vers eux avec un bon sourire, et qui leur disait :

— Ne faites pas attention, mes petits amis. Les camarades ont bu un peu trop de champagne. Laissez-les dire et continuez à vous aimer bien gentiment. Il n'y a que cela de vrai, croyez-moi. Et parmi les gens qui se moquent de vous, il y en a joliment, allez! qui donneraient bien des choses pour être à votre place!

Puis, se redressant et bravant, provoquant du regard tous ses camarades stupéfaits, Lisa Brunet continua :

— Eh bien, oui, je ne suis qu'une grue.

c'est vrai. J'ai des amants... tout ce que vous
voudrez! Mais ça n'empêche pas que je vaux
encore mieux que vous, puisque je sais
respecter ce qui est respectable!

Et, comme madame Destival, soulevant
péniblement sa tête alourdie, s'écriait du
bout de la table :

— Eh! dis donc, Lisa! t'as pas fini de
faire ta rosière?...

La jolie fille, bondissant vers la vieille
Dugazon comme si elle voulait la dévorer,
lui décocha cette apostrophe foudroyante :

— Vous d'abord, taisez-vous! Est-ce que
vous avez jamais su seulement ce que c'est
que d'avoir du cœur?

A LA MER

I

« L'hostellerie de Guillaume le Conquérant, maison patriarcale connue dans toute
la contrée pour sa vie de famille et ses prix
modérés » (*Les côtes de Normandie. Guide
Conti*).

Cette « hostellerie », l'orgueil et, en même
temps la petite réclame de Dives-sur-Mer,
est bâtie à l'extrémité du village, sur la route
de Trouville à Caen. C'est le but de promenade favori de tous les désœuvrés des plages
environnantes.

« Qu'est-ce que nous pourrions bien faire demain ? » est une phrase que l'on entend souvent le soir, entre deux variations d'orchestre ou deux parties de *petits chevaux,* au Salon de Trouville ou au Casino de Villers.

Et presque toujours il se trouve quelqu'un pour répondre :

« Allons déjeuner à Guillaume. Cela vaut la peine d'être vu. Et la cuisine de la mère Le Rémois est excellente ! »

En général, je suis d'un scepticisme absolu à l'endroit des délices patentées que ces farceurs de Normands ont découvertes, quand ils ne les ont pas fabriquées de toutes pièces, pour amuser la badauderie des *Parisiens,* comme ils appellent les infortunées victimes de tous les pays qui viennent à chaque saison se jeter dans leurs filets. Sites enchanteurs, ruines historiques, souvenirs d'un autre âge, colonnes commémoratives, illustrations locales, excursions, promenades, pique-niques, etc., m'inspirent une

égale méfiance, fruit trop légitime d'une
expérience chèrement payée. Car je les ai
avalées, moi aussi, ces aimables fantaisies
des imaginations normandes surexcitées par
l'appât des pièces de cent sous ; je les ai
avalées toutes, avec la confiance aveugle
d'une âme simple, sans défense contre tout
ce qui sollicite sa curiosité.

Le château de Bonneville, par exemple,
« ancienne résidence de Guillaume le Conquérant ». Vous arrivez, le bec enfariné, par
cette évocation d'un passé grandiose. Pata-
tras ! le guide attaché à la « curiosité »
vous montre d'une main malpropre, avec
une érudition et un accent déplorables, quelques pans de mur qui ne demandent qu'à
s'écrouler, un lambeau de porte ogivale
encore à peu près debout et un amas indi-
geste de platras derrière un fossé : coût 0,50,
en style d'huissier.

En revanche, vos appétits poétiques plus
ou moins satisfaits, vous trouverez au « château » d'excellents déjeuners froids à des

prix modérés, pâtés de crevettes, gâteaux de Saint-Pierre, œufs, laitage, etc.

La seule chose que le Guide ne pense pas à vous dire, c'est que la route est fort agréable, comme dans tout ce coin de la Normandie, et vous paye amplement, château à part, de la peine que vous avez prise de vous déranger.

Et les ruines de Saint-Arnoult! un monument historique des plus précieux, et qui date des premières années du XIIe siècle! Saluez! Le diable, c'est que les monuments historiques sont comme bien d'autres choses : plus ils datent de loin, moins il en reste. L'église était une merveille, à ce qu'on affirme, et la chapelle un joyau d'architecture. Malheureusement, il n'y a plus ni église ni chapelle. Seule, la crypte existe encore, avec quelques pierres tombales et des ossements desséchés. Si vous aimez les cryptes, vous êtes servi à souhait; mais tout le monde n'aime peut-être pas les cryptes, assez du moins pour se passer du reste.

Ah! il y a encore le château de Lassay,
« une des créations les plus remarquables
du temps de Louis XIV ». Ladite « création »
est représentée aujourd'hui par un escalier
flanqué de murailles à demi écroulées qui
sert de phare aux pilotes de la Manche. Con-
venez que le régal est maigre.

Les ruines consciencieusement explorées,
il vous reste à découvrir ces ports de mer, peu
connus encore, qu'on appelle le Havre (trois
quarts d'heure de navigation, juste ce qu'il
faut pour donner aux imaginations complai-
santes les illusions du danger, de l'isolement
et autres émotions maritimes), ou bien Hon-
fleur, la patrie de Daguerre et de Binot-
Paulmier (?).

Votre passion pour les voyages de découverte assouvie, si vous tenez à épuiser la
coupe de distractions intelligentes que vous
offre le séjour de Trouville, vous n'avez plus
que la ressource de prendre une mauvaise
voiture sur la place du Marché, ou une
bonne canne dans un coin de votre chambre

et de pousser à l'aventure jusqu'à quelqu'une ou quelqu'autre des petites stations qui s'échelonnent le long des sinuosités de la côte, de Villerville à Cabourg.

C'est bien ce que j'avais fait pour ma part. Toutefois, hasard ou lassitude, je n'avais jamais dépassé Beuzeval dans mes reconnaissances improvisées. Aussi ne trouvé-je aucune objection à faire, lorsqu'un soir, sur la terrasse du Salon, mon ami Raoul de Fenestrelle, un de ces amis intimes dont on serait souvent bien embarrassé d'écrire le nom correctement, me demanda de sa jolie voix de *contralt* (comme il l'appelle lui-même) :

— Qu'est-ce que tu fais demain matin, mon cher? Le vent est bien placé, les mouettes volent très haut. Nous aurons un temps superbe. Si tu veux, nous irons déjeuner chez la mère Le Rémois.

II

Le lendemain matin, *nous avions* un temps abominable, ce qui ne me surprit qu'à moitié. Du moment que cet imbécile de Fénestrelle avait annoncé le contraire, j'aurais juré qu'en dépit du vent et du vol des mouettes, le ciel se montrerait, à notre réveil, chargé de nuages menaçants.

Nous étions convenus avec Fénestrelle qu'il viendrait me prendre, à huit heures, à l'hôtel de Paris. Huit heures, huit heures et demie, neuf heures sonnèrent : personne ! Évidemment, en voyant son infaillible pro-

nostic si catégoriquement démenti par l'événement, mon faux prophète s'était rendormi
tout simplement sur sa seconde oreille, sans
se soucier d'aller voir si je ne piaffais pas
en l'attendant sur le parquet de ma chambre.

Quant à moi, je ne pris pas mon parti
avec la même philosophie. Il est des gens
si malheureusement organisés qu'il suffit
pour les désorienter qu'un accident imprévu
vienne bouleverser le programme réglé à
l'avance de leurs faits et gestes et l'emploi
de leur temps. Je suis ainsi fait ; je m'étais
monté l'imagination avec cette promenade
matinale à Dives, et, en me voyant forcé d'y
renoncer, j'éprouvai un véritable désappointement.

Au fait, me dis-je, puisque Fénestrelle me
manque de parole, pourquoi n'essayerai-je
point de me passer de Fénestrelle ? Qu'ai-je
affaire de lui, après tout, pour cette petite
excursion, d'une simplicité qui la met à la
portée de tout le monde ? Le chemin de

Trouville à Dives étant tout droit, je ne
cours aucun risque de m'égarer. Quand je
m'égarerais, d'ailleurs, le mal ne serait pas
grand. Du moment que je n'ai d'autre but
que de voir du pays, que m'importe d'aller
ici ou là, de ce côté ou d'un autre? L'absence de compagnon me permettra même
d'en user à ma libre fantaisie, et de jouir,
sans contrôle et sans distraction, du charme
de ma promenade.

C'est qu'elle était charmante, en effet, cette
promenade, surtout quand j'eus dépassé
Villers et gagné le petit plateau qui le
domine. La route se déroule capricieusement,
descend, monte, redescend pour remonter
encore, tantôt s'engageant sous bois, tantôt
courant le long des plantureux herbages, où
les vaches accroupies, le mufle immobile,
ruminent paresseusement : par-ci, par-là,
une échappée s'ouvre brusquement sur la
mer, laissant voir à l'extrême horizon les
voiles jaunes des barques de pêcheurs, ou
la ligne de fumée des vapeurs. A chaque

instant le spectacle change, et l'œil ne se lasse point d'admirer.

Mais c'est quand on arrive en haut du plateau de Beuzeval que le panorama devient magnifique. D'un côté, du côté de la mer, l'œil se perd sur les riantes plages qui vont s'échelonnant de Cabourg à Arromanches ; de l'autre, il embrasse l'opulente et vaste plaine de Dozulé, dont la monotone verdure est coupée par d'innombrables ruisseaux bordés de saules et d'oseraies.

De là, la route descend en lacets jusqu'au village de Dives, que domine sa vieille cathédrale aux imposantes proportions.

Un peu avant midi, mourant de faim, mais ravi de mon escapade, je faisais mon entrée dans la fameuse hostellerie de Guillaume le Conquérant, facilement reconnaissable à l'enseigne caractéristique qui se balance au-dessus de la porte.

Pour arriver à la salle à manger, il faut traverser une immense cuisine ; mais, comme celle-ci est littéralement bondée, non seulement de cuivres étincelants, mais encore de faïences de toute forme et de toute provenance, je m'y attardais sans plus penser à mon appétit, lorsque je sentis une main qui s'appuyait familièrement sur mon bras. En même temps, une bonne voix, bien normande d'accent, me disait :

— Allez donc déjeuner. Vous regarderez après. Y sera toujours temps, pour sûr !

Je me retournai, et, dans la grosse commère à la face épanouie et affairée qui me regardait en souriant, je reconnus, ou plutôt je devinai, la célèbre mère Le Rémois, une célébrité de clocher, mais qui balançait évidemment, à cinquante bonnes lieues à la ronde, bien d'autres renommées de plus haut vol.

Après avoir considéré quelques instants la vénérable hôtesse avec tous les égards qui lui étaient dus, je cédai docilement à son injonction, et, poussant la porte de la salle à manger, j'allai m'asseoir à l'extrémité d'une grande table occupée à son autre

extrémité par un groupe de jeunes gens,
qui me parurent, au premier coup d'œil, des
habitués de la maison.

Ils parlaient haut et semblaient fort gais,
mais les réclamations légitimes de mon estomac absorbèrent si complètement mon attention, qu'il m'en restait fort peu pour les
spirituelles plaisanteries de ces joyeux compagnons.

Je me livrais même si consciencieusement
à mon intéressante occupation, que je ne
levai même pas le nez de mon assiette en
entendant la porte s'ouvrir pour donner passage à un convive attardé, qui vint s'asseoir
en face de moi, de l'autre côté de la table.
Un instant après, toutefois, je voulus me
verser à boire et, mes yeux s'étant portés
machinalement devant moi, je m'aperçus
que le nouveau venu était une femme, une
femme jeune et jolie, en élégant costume de
matin.

Bien que je n'eusse guère eu le temps de
la dévisager, à première vue il me sembla

que cette jolie personne ne m'était pas complètement inconnue. Mais j'eus beau chercher dans mes souvenirs, je ne parvins pas à mettre un nom sur cet aimable visage. Où diable! avais-je déjà rencontré ce fin profil, ces yeux moqueurs et cette bouche un peu grande, mais d'un dessin très pur? Ce qui me déroutait probablement, c'était ce coquet déshabillé, qui donnait une physionomie toute particulière à cette jeune femme, qu'évidemment je n'avais jamais dû voir en toilette aussi intime.

Très intrigué, je continuai à guigner du coin de l'œil ma jolie partenaire, qui ne semblait point accorder l'attention la plus légère à ma chétive personne.

Tout d'un coup un éclair se fit dans mon esprit :

Blanche Marteau !

C'était Blanche Marteau, du Gymnase!

Assurément rien ne pouvait me causer plus de surprise que de rencontrer l'élégante artiste à Dives, et surtout dans cette tenue

familière, qui signifiait évidemment qu'elle
avait élu domicile à l'auberge même !
Et cependant, le doute n'était pas permis ;
cette bouche caractéristique et ces cheveux
blond-cendré, coquettement relevés sur les
oreilles, c'était bien Blanche Marteau ; impossible de s'y tromper.

Il fallait qu'il y eût là-dessous un joli bout
de roman, qu'on était venu savourer à l'abri
des indiscrets !

Ma situation ne laissait pas dès lors de
devenir quelque peu fausse ; car, si je connaissais fort bien Blanche, elle aussi me
connaissait, et ma présence pouvait la gêner.

Que faire cependant ? Je pris le parti de
feindre de ne l'avoir point reconnue et de
continuer à déjeuner tranquillement comme
si de rien n'était. Ma tasse de café avalée, je
me lèverais de table prestement et retour-
nerais à Trouville sans avoir essayé de percer
le galant mystère.

C'était de beaucoup le plus sage et le plus
prudent.

Malheureusement, au moment où l'on m'apportait du café, les jeunes gens qui occupaient le bout de la table repoussèrent leurs chaises et sortirent de la salle, nous laissant en tête-à-tête, Blanche et moi.

La porte ne s'était pas refermée sur eux, que j'entendais un franc éclat de rire, et une voix gouailleuse qui s'écriait :

— Comment ça va ?

III

Blanche Marteau, comme chacun sait, est une petite personne extrêmement séduisante, et l'approcher sans se laisser prendre au charme de sa très capiteuse beauté n'est point chose facile, assurément.

Jamais, cependant, je n'avais essayé de lui faire la cour, pour parler net. A cela il y avait de bonnes raisons.

D'abord, l'ami par qui j'avais été présenté à Blanche, le soir d'une première, m'avait paru nourrir à son endroit des sentiments fort tendres, bien qu'il s'en défendît en homme discret. Et puis, une fois déjà dans

ma vie, il m'était arrivé de m'attacher pas-
sionnément à l'une de ces dangereuses sirènes
que le cadre et l'optique de la scène, le prestige du costume, les feux de la rampe, l'animation, la fièvre qui les animent et les trans-
portent, rendent irrésistibles ; et cette passion, très ardente, très profonde, m'avait
laissé au cœur une blessure qui avait saigné longtemps. Rien de plus douloureux,
en effet, que d'aimer une femme de théâtre ;
non seulement parce que ces attrayantes et
redoutables créatures vivent dans un milieu
factice et menteur qui fausse leurs idées
comme leurs sentiments, mais encore et surtout parce qu'elles ne sont jamais entièrement
pénétrables et qu'alors même qu'elles se sont
laissé toucher par l'accent de sincérité de
votre passion, il y aura toujours chez elles
un coin qui vous échappera.

— Avouez que, si vous vous attendiez à
rencontrer quelqu'un ici, ce n'était pas moi,
continua Blanche en me tendant la main par-
dessus la table.

18

Et, comme je confessais mon étonnement :

— Je suis sûre, reprit-elle, que vous bâtis-
sez déjà dans votre tête toute une histoire,
avec enlèvement, séquestration volontaire,
ou involontaire, etc. Eh bien, mon cher, vous
auriez tort de vous mettre pour si peu en frais
d'imagination.

» Je suis ici tout simplement parce que le
docteur m'a ordonné quinze jours de repos
forcé au bord de la mer, et j'y suis seule,
parfaitement seule, parce que Raymond a dû
faire un petit voyage dans le Berry, d'où il
reviendra me chercher la semaine prochaine.
Vous comprenez qu'à Trouville, connue
comme je le suis, on ne m'aurait guère
laissée tranquille. Les inconvénients de la
gloire, mon cher! Tandis qu'ici... ah! ici,
c'est bien différent. J'ai donné mon nom,
mon vrai nom, Louise Leroy. On me prend
pour une jeune veuve, un peu coquette, mais
au-dessus de toute attaque ; et tout le monde
me traite avec un respect dont vous n'avez
pas idée, depuis les gens de la maison, qui se

jetteraient au feu et à la *mé* pour moi, car
j'ai la pièce de cent sous facile, jusqu'aux
pensionnaires, dont pas un ne s'est encore
hasardé jusqu'à m'adresser la parole.

— Et vous ne vous ennuyez pas trop dans
cette quasi-solitude?

— Mais non, je vous assure.

— Parole d'honneur?

— Parole d'honneur. Ça me change tellement! Je ne dis pas que, si cela devait durer
longtemps, longtemps, je ne trouverais pas
la chose un peu monotone. Mais, jusqu'à
présent, je suis ravie. D'abord, jamais je ne
me suis mieux portée, je dors sur mes deux
oreilles ; je ne mange pas, je dévore. Et puis
tout m'amuse ici : le pays, la mer, les gens,
la maison même, cette singulière auberge
qui ne ressemble à aucune autre, et l'hôtesse
surtout, la mère Le Rémois, un type à mettre
au théâtre, vous savez! Figurez-vous l'autre
jour une scène du Palais-Royal. J'étais précisément dans la cuisine, où je m'amusais à
faire causer la bonne femme : car elle a des

mots à elle et des intonations normandes qui
sont à mourir de rire. Tout d'un coup, par la
fenêtre de la cour, je vois arriver deux promeneurs que je reconnais tout de suite, deux
habitués de la grande avant-scène du rez-de-
chaussée de chez nous, Daniel Blaizeroy et
le petit des Épinettes. Je n'ai que le temps de
me jeter dans la salle à manger, et, de là, je
les entends qui font une entrée bruyante en
criant : « Eh ! la mère, vite à déjeuner ! nous
sommes pressés. — Eh ! là, c'est bon !
répond sans broncher madame Le Rémois,
n'y a pas besoin de crier pour ça. — Qu'est-
ce que vous allez nous donner ? — Je sais
t'y, moi ? on va voir. Félicité ! Félicité ! »
Félicité arrive et entame un colloque interminable avec sa patronne. Impatienté, des
Épinettes intervient : « Eh bien, voyons ! et
ce déjeuner ? — Eh bien, répond la mère Le
Rémois, Félicité dit qu'il n'y a rien. » Et,
comme mon des Épinettes s'emporte :
« Dame ! continue la bonne femme en se rasseyant paisiblement. Il n'est pas onze heures

et demie, n'est-ce pas? fallait venir à onze heures et demie. » Là-dessus, voilà Blaiseroy qui s'en mêle, et qui veut obtenir à force de politesse ce que des Épinettes n'avait pas obtenu avec ses grands airs. — « Dame! on va tâcher, dit enfin madame Le Rémois. Seulement, faut espérer que Charles soit venu. — Et quand vient-il, Charles? — Tout à l'heure, tout à l'heure ; faut y donner le temps, à ce garçon. Vous ne savez pas ce que vous devriez faire, en espérant? Vous devriez pousser un brin jusqu'à Beuzeval. — Et, en revenant, nous trouverions notre déjeuner servi? — Pour sûr. » Là-dessus, voilà mes deux braves amis partis pour Beuzeval. Trois quarts d'heure après, ils reparaissent. — « Eh bien, la mère, et ce déjeuner? — Le déjeuner? répond madame Le Rémois. Vous êtes si pressés que ça? Faudra core espérer un peu. Charles va *pus* tarder à ct'heure. Tout de même vous avez core le temps d'pousser jusqu'à Cabourg ! » Des Épinettes était furieux. Mais Blaizeroy le calme et

18.

l'emmène à Cabourg. Une demi-heure
encore se passe, et nos deux compères se
montrent de nouveau, mourant de faim, mais
ne doutant pas, cette fois, que tout ne fût prêt
pour les recevoir. — « Pour le coup, s'écrie
des Épinettes en entrant, j'imagine que
Charles est venu? — Pour sûr! dit la mère Le
Rémois. — Alors, nous allons déjeuner?
— Vous pouvez donc pas espérer onze heures
et demie, qu'on vous dit? Vous déjeunerez
avec tout le monde. » Ah! dame, là-dessus,
tempête abominable. C'est à qui criera le plus
fort de Blaizeroy ou de des Épinettes. La mère
Le Rémois les laisse crier; puis, de sa bonne
voix tranquille : « Ah bien, si vous étiez
si pressés que ça, fallait aller ailleurs! »
Exaspérés par ce sang-froid, mes deux
beaux fils prennent enfin le parti qu'ils
auraient dû prendre tout de suite, et filent
sans demander leur reste. « C'est égal, dis-je
en riant à la bonne femme, qui continuait à
peler ses pommes de terre, voilà des camarades qui ne vous enverront pas souvent de

clients! — Qu'é que vous voulez, madame
Leroi! me répond-elle ; moi, j'aime pas qu'on
me presse ! » Et voilà la mère Le Rémois tout
entière ; ce qui ne l'empêche pas d'être la
meilleure des femmes! Et la maison n'est
pas moins curieuse, allez! Vous ne l'avez pas
vue? Vous ne connaissez pas la salle des
Marmousets? Ni la salle de Jeanne d'Arc?
Ah! mais arrivez alors, c'est moi qui vais
vous en faire les honneurs.

Et, se levant de table, Blanche Marteau
poussa une porte et m'introduisit dans une
pièce entièrement lambrissée de boiseries en
chêne, avec un plafond à poutres apparen-
tes, une haute cheminée en pierre garnie de
grands landiers en fer forgé, et des vitraux
anciens ou d'apparence ancienne. Tout cela
avait si bien la couleur, l'aspect, la physionomie du vieux temps qu'avec un peu de bonne
volonté on pouvait se croire dans un intérieur
de manoir XVIᵉ siècle.

Certes, j'étais bien loin de m'attendre à
découvrir une restitution aussi originale et

aussi intelligente dans cette auberge de village.

Blanche Marteau jouissait de ma surprise ; elle m'expliqua que c'était le fils de madame le Rémois, Léon le Rémois ou Léon, comme tout le monde l'appelait familièrement, qui s'était toqué du xviᵉ siècle, dont il avait déniché de nombreux vestiges dans l'église et dans quelques maisons de Dives. Il avait commencé par prendre un peu partout des moulages, qu'il avait eu ensuite l'ingénieuse idée de réunir dans deux salles de l'auberge, adroitement disposées pour les recevoir.

— Le plus amusant dans tout cela, continua Blanche, c'est qu'en s'abandonnant à sa passion pour le moyen âge, Léon n'a pas oublié qu'il était Normand. Les deux salles des Marmousets et de Jeanne d'Arc à peine terminées, la pensée lui vint de les utiliser pour le plus grand bien de son commerce, et d'y faire servir à déjeuner aux gens tout à fait élégants qui lui viendraient de Deau-

ville ou de Trouville, en augmentant naturellement les prix en conséquence. Allez donc
éplucher la note, quand les crevettes vous sont
offertes dans des raviers datant du moyen
âge et le café versé dans des tasses du
XVIᵉ siècle ! Comment trouvez-vous cette
application pratique de l'archéologie à
l'exploitation des amateurs de parties fines?
Mais ce n'est pas tout. Figurez-vous qu'il y
a encore là-haut la chambre de madame de
Sévigné; oui, on prétend que madame de
Sévigné y coucha une nuit, en allant à Caen.
La chose n'est peut-être pas très certaine,
bien que les guides l'affirment; mais il n'y a
que la foi qui sauve, n'est-ce pas? Naturellement, je me suis payé la chambre de
madame de Sévigné. Je dois dire qu'elle
manque un peu de confortable, que la porte
met beaucoup de mauvaise volonté à se
laisser fermer et qu'en revanche il faut se
battre une demi-heure avec les fenêtres pour
arriver à les ouvrir. Mais aussi rien ne
m'empêche d'écrire des lettres excessivement

spirituelles à mes amis, en les datant de la
propre chambre de la marquise aux belles
papillotes. Avouez que cela vaut bien quelque chose.

Et l'aimable artiste d'éclater joyeusement
de rire, en concluant :

— Et vous voulez que je ne m'amuse pas
ici!...

A ce moment, une voix cria du fond de la
cuisine :

— Mame Leroi, v'là Tranquille!

— Ah! reprit Blanche. Et puis, il y a
Tranquille, que j'oubliais.

— Tranquille?

— Venez.

Sortant de la salle avec moi, elle me
montra d'un signe de tête un jeune marin de
dix-neuf à vingt ans, qui attendait dans la
cour, son béret à la main. C'était un vrai
gas, aux traits hâlés et respirant la jeunesse
et la santé. Habillé de vêtements bourgeois,
il eût paru sans doute vulgaire et étriqué;
mais, dans son costume de laine bleu foncé,

le cou bien dégagé, la taille serrée par sa
ceinture rouge, il avait véritablement très
fière mine. Ses cheveux noirs frisés, plantés
un peu bas sur le front, donnaient à sa
physionomie quelque chose de dur, et ses
yeux, qui me parurent singulièrement ardents, se cachaient pour ainsi dire au-dessous d'une arcade sourcilière fortement pro-
noncée, que d'épais sourcils venaient encore
accentuer.

— N'est-ce pas qu'il est superbe? me dit
Blanche. C'est le fils du père Certain, un vieux
pêcheur de Beuzeval. Je l'ai attaché à ma
personne, ou plutôt c'est lui qui s'y est
attaché de lui-même. Toutes les après-midi,
à l'heure de la mer haute, il vient me chercher
et me fait faire une longue promenade dans
le bateau de son père. Il n'y a rien que j'adore
comme de me laisser bercer par le flot, quand
il y a un peu de vent. Je m'étends sur le dos
au fond du bateau, et, là, les yeux perdus
dans les nuages, à mille lieues de Paris, du
boulevard et de mon théâtre. je me laisse

glisser tranquillement entre le ciel et l'eau.
Je resterais des heures ainsi, ne pensant à
rien ou plutôt rêvassant à toute sorte de
choses plus folles et plus impossibles les unes
que les autres.

Cependant, en s'apercevant que nous le
regardions, le jeune marin s'était approché
de la porte de la cuisine.

— Eh bien, Tranquille, lui demanda Blanche, aurons-nous beau temps aujourd'hui?

— Pas trop, madame Leroy. Peut-être bien
au contraire que nous aurons un peu d'air.

— Tant mieux. Je ne crains pas d'être un
peu secouée. Ce que je voudrais, tenez! continua la folle créature en se tournant de nouveau vers moi, ce serait d'assister à une
véritable tempête, à un naufrage. Vous savez?
je ne dis pas cela pour rire, ou me faire plus
crâne que je ne suis. Je vous assure que je
donnerais beaucoup pour me trouver à bord
d'un bâtiment en perdition, et savourer les
émotions que l'on éprouve au moment où
l'on sent s'enfoncer sous soi les planches du

bateau et l'eau monter, monter, tout près
à vous engouffrer, à se refermer sur vous...

— A condition, n'est-ce pas, qu'au dernier
instant un ange sauveur, en cotte bleue et
en béret, vienne vous tendre la corde?

— Bien entendu; car je ne me soucie point
du tout de tâter du plongeon pour de bon.

— Faites excuse, madame Leroy, interrompit le jeune marin. Peut-être bien qu'il
faudrait partir tout de suite, avant que le vent
soit levé.

— Eh bien, partons tout de suite, je ne
demande pas mieux. Mais, j'y pense, mon
cher, vous ne faites rien de votre après-midi.
Pourquoi ne viendriez-vous pas avec nous?

— C'est que mon bateau n'est pas trop
grand, madame Leroy, fit Tranquille sans
attendre ma réponse.

— Bah! bah! dit Blanche, nous nous ser-
rerons un peu, voilà tout. Allons! est-ce
dit?

Et, comme j'hésitais un peu à accepter la
proposition:

19

— Seriez-vous donc moins brave que moi, et reculeriez-vous devant la perspective de quelques secousses ou bien du mal de mer? Voyons, un peu de courage. Si nous devons faire naufrage, nous aurons du moins la consolation de périr de compagnie.

— Eh bien, soit!

— Bravo! Je vous demande une minute seulement. Le temps de passer mon costume de mer!

IV

— Ce qu'il y a de commode ici, c'est qu'on n'est pas longue à s'habiller! dit Blanche Marteau en reparaissant, presque aussitôt après, dans la vaste cuisine où j'étais demeuré à l'attendre.

Elle s'était contentée, pour toute toilette, de jeter sur ses épaules une petite écharpe de gaze blanche et sur sa tête un de ces chapeaux, coquets et fantaisistes à la fois, en paille grossière relevée de laine rouge, qui furent si fort à la mode la saison dernière sur les plages.

Elle prit mon bras et nous voilà partis en

bavardant pour Beuzeval, où nous arrivâmes au bout d'un quart d'heure. Tranquille nous avait précédés et nous l'aperçûmes de loin, qui nous attendait au bord d'une petite anse, où son bateau était amarré.

Bien que le remous fût très faible, Blanche faillit chavirer en embarquant ; je m'élançais pour la retenir lorsque Tranquille, m'écartant assez brusquement, la saisit dans ses bras vigoureux, et, sautant avec elle dans la barque, alla la déposer à la place qu'elle occupait ordinairement, à l'avant.

L'embarcation, obéissant à l'impulsion, s'écarta de quelques mètres, me laissant sur le bord, ce qui fit éclater de rire cette folle de Blanche, amusée de ma sotte figure.

Quand elle eut bien ri, elle dit à Tranquille de se rapprocher pour me prendre ; mais, soit que ce léger incident dût entraîner quelque retard, soit que le poids supplémentaire de mon individu dût nécessairement alourdir la barque et ajouter d'autant à la besogne du rameur, je crus m'apercevoir que

celui-ci ne mettait pas beaucoup de bonne
grâce à s'exécuter.

Quoi qu'il en soit, je gardai mon observation
pour moi et, dès que l'embarcation fut à
portée, je m'élançai à mon tour et j'allai
m'asseoir à côté de Blanche.

Tranquille prit place en face de nous sur
son banc; et, les pieds solidement arc-boutés,
il se pencha sur ses avirons et nous poussa
rapidement en avant.

Bien que menaçant, le temps était relativement calme, et nous glissions presque sans
secousse au milieu du silence que scandait, à
intervalles réguliers, le bruit des rames fen-
dant le flot et soulevant des paquets d'eau
qui retombaient ensuite en gouttelettes.

L'air était doux, mais lourd et chargé
d'orage. Nous nous taisions, Blanche et moi,
nous laissant gagner peu à peu par une sorte
d'alanguissement délicieux.

Blanche avait pris son attitude favorite,
étendue sur l'amas de filets et de voiles qui
garnissait le fond de la barque, ses deux

bras relevés sous sa tête. Elle était charmante
ainsi, avec son visage mutin encadré dans la
doublure rouge de son chapeau, et le mouvement des bras découvrant, entre ses gants
de Suède et les dentelles de la manche, un
joli carré de chair blanche et rose, auquel
répondait l'échancrure du corsage. Elle
s'amusait à suivre des yeux le vol précipité
des mouettes qui se poursuivaient très haut
dans le ciel : la bouche entr'ouverte laissant
voir l'émail des dents, les joues comme
brûlées par le hâle, et les narines aspirant
avec délices les excitants parfums de la
mer.

Bien que je n'eusse jamais été tenté de
faire la cour à Blanche Marteau, ainsi que je
l'ai dit, cela ne m'empêchait point de la
trouver fort attrayante. Ce jour-là, particulièrement, elle me semblait tout à fait en beauté.
D'ailleurs, dans ce tête-à-tête improvisé entre
le ciel et l'eau, au milieu de cette solitude et de
ce silence quasi religieux, il eût fallu être
de marbre pour ne pas se sentir vaguement

troublé en face de cette jeune femme nonchalamment étendue dans une attitude abandonnée, presque provocante.

Avertie sans doute, par je ne sais quelle intuition, de ce qui se passait en moi, Blanche se tourna brusquement de mon côté. Ses yeux s'étant croisés avec les miens, elle eut un froncement de sourcils singulier; puis, reprenant tranquillement sa position, elle me dit d'une voix indifférente :

— Pourquoi ne faites-vous pas comme moi? Je vous assure que, sur ces filets, on est comme dans son lit et vous n'avez pas idée combien c'est amusant de rêver ainsi, le nez en l'air! on finit par se figurer, positivement, qu'on est transporté là-haut au milieu des nuages.

Ne sachant que répondre, car ma liberté d'esprit commençait singulièrement à m'échapper, je pris le parti d'obéir à l'injonction sans mot dire et de me glisser à côté de ma trop attrayante compagne.

Dans cette situation, mon visage se trouvait
à la hauteur du sien, et si rapproché, qu'en
me penchant légèrement, il m'eût été facile
de poser sur ses lèvres entr'ouvertes le baiser
qu'elles semblaient appeler. Certes la tenta-
tion était forte, surtout à mesure qu'elle se
prolongeait. Un poids énorme écrasait ma
poitrine, m'empêchait de respirer, et j'allais
probablement faire quelque bêtise, lorsque,
en femme avisée, Blanche se chargea elle-
même de brusquer le dénouement.

— Savez-vous pourquoi, me dit-elle, j'a
tant de plaisir à faire cette promenade avec
vous ? C'est qu'avec vous je suis sûre que je
n'aurai pas à me défendre contre des velléités
de... d'humeur galante et conquérante. Il est
certain qu'à votre place bien des gens ne
laisseraient pas échapper l'occasion de m'offrir l'hommage de leur cœur avec tout ce qu'il
comporte. Beaucoup même en feraient une
question d'amour-propre, qui sait même?
une question de simple politesse, comme si
ne point me déclarer leur flamme en pareille

occurrence eût été reconnaître que je ne valais pas la peine d'être adorée. Avec vous, du moins, je puis être bien tranquille. Nous sommes de vieux amis, des camarades, n'est-ce pas?

— Parfaitement! répondis-je en dissimulant une légère grimace, car je commençais à craindre qu'elle ne se moquât décidément de moi.

— Ah! si vous saviez comme on se lasse vite, au théâtre, de ces éternelles déclarations! Sous prétexte qu'on nous trouve de mine agréable, et comme on nous suppose naturellement de pâte assez tendre, il n'est personne qui ne croie devoir nous assommer de protestations incendiaires. Ah! cette chanson-là, je la connaîtrai par cœur! Dans les commencements, je m'en amusais encore de temps en temps; mais, je ne tardai point à les trouver aussi insipides que suffisants, ces élégants rôdeurs de coulisses. Vous ne me croyez pas?

— Je vous crois parfaitement, au contraire.

19.

— Et encore, s'ils étaient sincères ! Je
me suis donné quelquefois la petite satisfaction de pousser un peu les plus embrasés de
mes adorateurs. Ah ! mon pauvre ami, ce
n'était pas long ! Le vilain fond d'égoïsme
qui se cachait mal sous ces beaux dehors de
pure passion avait bientôt fait de reparaître.
Piteuse chose décidément que le monde,
mon cher ! Ce qui me passe, c'est le mal que
les gens se donnent pour faire croire aux
autres, et pour se persuader à eux-mêmes,
qu'ils sont écrasés sous le poids de sentiments
qu'ils n'ont jamais été capables d'éprouver.
Et les malheureux se figurent qu'il suffit de
prendre des airs penchés, de rouler des yeux
pâmés, et de se frapper la poitrine pour jouer
la passion au naturel. Ils ne se doutent pas
comme tout cela sonne faux à l'oreille ! Aussi,
est-il infiniment moins dangereux qu'on ne
croit de vivre dans cette atmosphère de passion et de fièvre, comme on appelle la vie
des femmes du théâtre. Pas si fièvreuse ni
si passionnée que cela, allez, mon bon !

Pendant qu'elle causait ainsi, je m'amusais à suivre sur sa physionomie mobile les
impressions diverses qui s'y succédaient
rapidement et je me grisais du timbre jeune
et charmant de sa voix. Quant aux découra-
geantes théories qu'elle laissait échapper de
ses lèvres rieuses, loin de me refroidir, chose
singulière, elles ne faisaient qu'exciter davantage mon intérêt. Était-il possible que
cette créature si bien faite pour inspirer
l'amour n'eût point encore été véritablement
aimée ?

Une sorte de pitié attendrie me venait
au cœur pour cette jolie fille, condamnée à
vivre dans un milieu où tout n'est que mensonge, milieu auquel elle était très supé-
rieure évidemment, puisqu'elle souffrait de
ce qu'il avait de vide et de factice.

Rien n'est dangereux comme l'attendrissement en pareille matière, et je ne sais trop
quelle irréparable sottise j'allais dire lorsque
soudain une double gerbe d'eau s'éleva de
chaque côté de la barque et nous éclaboussa

outrageusement, Blanche et moi, en ¡retombant.

C'était Tranquille, dont j'avais complètement oublié la présence, quant à moi, et qui,
maladresse ou distraction, me ramenait
brusquement à la réalité des choses par deux
violents coups d'aviron.

— Faites excuse, madame Leroy, dit-il
sans chercher autrement à expliquer sa gau-
cherie. Mais v'là le vent qui fraîchit, j'ferions
peut-être pas mal de rentrer à Beuzeval.

— Bah! nous avons le temps! répondit
Blanche en s'essuyant. Va encore un peu, et
surtout tâche de ne plus nous arroser comme
tu viens de le faire.

Puis elle se recoucha au fond du bateau,
en m'invitant d'un signe à en faire autant.
J'obéis, mais je ne sais comment cette fois
mon visage se trouva plus rapproché encore
du sien, si rapproché même, que, quand elle
se tourna vers moi pour reprendre notre
conversation où nous l'avions laissée, je
sentis arriver jusqu'à moi le souffle parfumé

de ses lèvres, ce qui ne fit naturellement
qu'ajouter à mon trouble.

— Sérieusement, lui dis-je, vous voulez
me faire croire que, jolie comme vous voilà,
vous n'avez jamais rencontré sur votre
chemin ce que toutes les femmes, même les
laides, rencontrent presque toujours une fois
au moins dans' leur vie, c'est-à-dire une
affection sincère et dévouée.

— Puisque je vous l'affirme! Après cela,
c'est notre malheur, à nous autres femmes de
théâtre, qu'en même temps que nous soule-
vons quantité d'appétits bas et grossiers, de
désirs plus ou moins hypocrites, de passions
plus ou moins réelles, mais qui n'ont presque
toujours pour base que la vanité, nous
devons forcément décourager les sentiments
sincères. A dire vrai, de deux choses l'une,
ou l'on nous désire, ou l'on nous méprise, à
moins qu'on ne nous fasse le grand honneur
de nous désirer tout en nous méprisant.
Vous le voyez? au fond, quand on y réfléchit,
tout n'est pas précisément drôle dans notre

existence. On nous croit heureuses et aimées entre toutes ; la vérité est que nous sommes plutôt les déshéritées de l'amour.

La pauvre Blanche dit ces derniers mots d'une voix si navrée, que j'en fus tout remué et qu'instinctivement je saisis sa main entre les miennes et la serrai affectueusement.

· A ce moment, une nouvelle secousse, suivie d'une nouvelle trombe d'eau, ébranla subitement notre barque.

— Encore ! s'écria Blanche en secouant l'eau qui avait rejailli jusque sur elle. — Tranquille, on dirait que tu le fais exprès !

— Dame ! écoutez donc, madame Leroy ! répondit brusquement Tranquille. C'est-y ma faute, à moi, si le temps devient tout à fait mauvais? Je vous avais prévenue, pas vrai? C'est vous qu'avez pas voulu que j'rentrions à Beuzeval.

— C'est bon ! dit Blanche, rentrons maintenant.

Appuyant alors de toutes ses forces sur l'aviron de gauche, Tranquille laissa la

barque virer, puis il nagea dans la direction
de la plage.

Cette fois, au lieu de reprendre notre place
sur notre lit de filets et de voiles, nous nous
assîmes, Blanche et moi, sur le banc de bois.
Ainsi placés, nous avions devant nous
l'horizon qui se couvrait de plus en plus, et
nous voyions venir de loin de gros nuages
noirs devant lesquels nous avions l'air de fuir.

En même temps, nous faisions face à Tranquille, qui, désireux sans doute d'arriver
avant que la tempête se fût déchaînée, se
penchait de toutes ses forces sur les avirons.

Au bout de quelques instants, je crus
remarquer que, chaque fois qu'il se rejetait
en arrière pour retirer les avirons de l'eau,
ses yeux revenaient sournoisement sur le
même point, comme attirés par un attrait
irrésistible.

Je l'observai à la dérobée, et, suivant le
mouvement des yeux du jeune marin, je vis
que c'était sur les pieds de Blanche qu'ils se
portaient.

Les pieds de Blanche Marteau sont cé-
lèbres, non seulement pour leurs mignonnes
proportions, mais encore pour l'élégance de
leur cambrure. Ils étaient chaussés ce jour-
là de souliers coquets qui dégageaient le bas
de soie bleu clair.

La petite découverte que je venais de faire
aurait dû me donner à réfléchir ; mais je n'y
attachai pas une grande importance, absorbé
que j'étais par l'aspect de plus en plus critique
de notre situation.

En effet, les vagues grossissaient à vue
d'œil et nous commencions à danser furieu-
sement. Après s'être amusée tout d'abord
des oscillations de notre barque, Blanche
parut soudain prendre la chose beaucoup
moins gaiement. Je la sentais qui se serrait
contre moi, avec cet instinct qui pousse les
êtres faibles à chercher, au moment du danger, dans le contact réconfortant de ceux
qui se trouvent avec eux la confiance qui
leur échappe.

Nous n'étions plus qu'à une distance assez

courte du rivage; mais les nuages nous gagnaient de vitesse, et maintenant ils s'étendaient au-dessus de nos têtes, noirs, effrayants, et comme tout prêts à fondre sur nous pour nous écraser.

Blanche les aperçut tout à coup, et, terrassée brusquement par une frayeur sans nom, elle se jeta sur moi, cacha sa figure dans ma poitrine, enlaça ses bras autour de mon cou, et je l'entendis qui murmurait d'une voix à peine intelligible, à travers ses dents serrées : « Ah ! mon Dieu, que j'ai peur ! que j'ai peur ! »

Alors il se passa une scène étrange, que je n'eus ni le sang-froid ni le temps de m'expliquer sur le moment, et que je ne reconstituai qu'un peu plus tard, en rapprochant les faits.

Tout à coup, je vis Tranquille se dresser debout en face de nous, et brandir les deux avirons dans ses mains vigoureuses comme s'il voulait nous assommer; puis, après une seconde d'hésitation, il se laissa retomber sur son banc, et cela si violemment, que l'embarcation, prise en écharpe au même instant par une forte lame, chavira, et que nous fûmes du coup précipités à la mer tous les trois.

V

Je nage très suffisamment, et j'aurais pu
me tirer sans trop de peine de l'aventure,
si Blanche, se cramponnant à moi de ses
deux bras passés autour de mon cou, n'eût
point paralysé tous mes mouvements. J'avais
conservé à peu près mon sang-froid, de
sorte que je me rendais parfaitement
compte du danger terrible que me faisait
courir l'étreinte désespérée de ma compagne. Je ne songeai pas un instant
cependant à lui faire lâcher prise de force,
et nous allions infailliblement périr enlacés,

lorsqu'en me débattant machinalement au
milieu des vagues je sentis soudain contre
ma main l'un des avirons qui était tombé à
la mer en même temps que nous. Nous
étions sauvés.

A l'aide de cet aviron, je réussis d'abord
à me soutenir sur l'eau, puis à gagner
l'embarcation, qui n'était, du reste, qu'à
quelques mètres.

Ce ne fut pas chose facile, toutefois, de
hisser Blanche par-dessus le bord de la
barque sans faire chavirer celle-ci, puis d'y
monter moi-même, et je ne m'explique
point encore comment j'y arrivai; car la
pauvre Blanche était parfaitement incapable de s'aider elle-même. Mais, dans ces
moments critiques, on sent ses forces décu-
pler et l'on soulèverait des montagnes. Par
exemple, une fois à l'intérieur de l'embarcation, épuisé par l'effort que je venais
de faire, je me laissai tomber à côté de Blanche, toute grelottante d'épouvante autant que
de froid, mais qui n'avait point cependant

entièrement perdu connaissance ; car tout
s'était passé très rapidement et nous n'é-
tions restés en somme que quelques secondes peut-être sous l'eau.

Je demeurai ainsi un temps qu'il me serait
bien impossible d'évaluer, inerte, écrasé,
avec cette unique pensée dans la tête que je
venais d'échapper à un danger mortel, mais
que, pour le moment, c'était fini, que je
n'avais plus rien à craindre.

Je finis cependant par me remettre et, la
conscience de notre situation m'étant revenue, je ne pensai plus qu'aux moyens
d'achever notre sauvetage.

Sans être fort éloignés du rivage, nous
n'en étions pas assez près cependant pour
ne pas courir cent fois la chance de
chavirer de nouveau avant d'y arriver. Si
encore j'avais pu diriger notre embarcation,
mes anciens souvenirs de canotier aidant,
je me serais peut-être tiré d'affaire.

Machinalement, je cherchai des yeux
l'aviron qui m'avait été si utile une première

fois et qui peut-être eût pu nous sauver encore.

Je ne l'aperçus point, mais, à quelques mètres de moi, je distinguai une sorte de paquet compact d'herbes marines qui flottait à la surface des vagues, montant et s'abaissant, s'épanouissant par moments comme une chevelure humaine.

Tout d'un coup, sous cette chevelure, était-ce une hallucination? il me sembla voir une tête livide sur laquelle les cheveux se collaient étroitement. Un moment après, elle avait disparu; mais, si court qu'eût été l'intervalle pendant lequel elle avait surnagé, j'avais eu le temps de la reconnaître.

C'était celle de Tranquille. Peut-être le malheureux ne savait-il point nager, comme il arrive plus souvent qu'on ne croit pour les marins; et, dans les efforts désespérés qu'il faisait en se débattant contre la mort, ne réussissait-il qu'à remonter par moments jusqu'à la surface, sans parvenir à s'y maintenir.

Certes, volontairement ou involontaire-
ment, c'était bien lui qui avait fait chavirer
l'embarcation, et qui, par conséquent, était
seul cause du danger terrible que nous
avions couru, ainsi que de sa propre mort.

Cependant, à la pensée que j'avais tenu
un instant la vie de cet homme entre mes
mains et que je n'avais rien tenté pour le
sauver, je sentis un frisson d'horreur me
secouer tout entier.

Après tout, ne pouvais-je pas m'être
trompé? Ce que j'avais cru deviner n'avait
peut-être existé que dans mon imagination.
Étais-je bien certain d'avoir réellement vu ce
mouvement de menace, ces deux bras levés
et brandissant les avirons sur nos têtes? Ou
bien tout cela ne pouvait-il s'expliquer plus
simplement, plus naturellement? Qu'y avait-
il d'impossible, par exemple, qu'à un moment
donné, Tranquille se fût dressé debout pour
résister plus vigoureusement au choc d'une
lame plus effrayante que les autres: que,
dans ce mouvement il eût perdu l'équilibre,

arraché sans le vouloir les avirons de leurs
godilles, et qu'en retombant lourdement
sous la poussée de la lame, il nous eût entraî-
nés malgré lui dans sa chute.

Si cela s'était passé ainsi, et maintenant je
n'avais plus de doutes à cet égard, c'était
moi qui étais responsable de la mort de
Tranquille, puisqu'avec un effort un peu
énergique j'aurais pu le saisir au moment
où je l'avais aperçu et l'empêcher de couler
définitivement.

Cette pensée me fut si pénible, si insupportable, que je me penchai anxieusement
en dehors de la barque, au risque de la faire
chavirer une seconde fois, cherchant si je ne
verrais point reparaître dans les remous des
vagues la tête livide du malheureux.

— Qu'est-ce que vous regardez ? me dit
Blanche.

— Tranquille! répondis-je d'une voix
brisée par l'angoisse.

— Vous n'allez pas m'abandonner, au
moins? s'écria la pauvre fille en se crampon-

nant à moi. Je ne veux pas que vous m'aban-
donniez.

En effet, ce n'était pas seulement ma vie
à moi, mais celle de Blanche avec la
mienne, que j'allais risquer en essayant
de sauver Tranquille. N'était-ce pas vouer
ma compagne à une mort certaine que de
l'abandonner seule dans cette situation critique? Et pour qui? pour celui qui, en définitive, nous y avait mis, dans cette situation!

Il devait, d'ailleurs, être trop tard maintenant. Autant que j'en pouvais juger, un
espace de temps relativement long devait
s'être écoulé depuis que j'avais vu la tête du
malheureux émerger un instant de l'eau
pour y disparaître de nouveau.

Brusquement, comme si elle eût répondu
à mon évocation, au milieu d'une grosse
vague qui vint crever à quelques mètres de
nous, je revis soudain le corps, le cadavre,
sans doute, du pauvre Tranquille.

Cette fois, sans réfléchir davantage, d'un
mouvement plus rapide que la pensée, je

m'élançai à la mer, et, saisissant la tête du noyé par les cheveux, je rejoignis aussitôt l'embarcation et, m'y cramponnant d'une main, de l'autre je m'efforçai d'y faire entrer le malheureux, avec le secours de Blanche qui, mettant bravement de côté ses appréhensions, s'employa à m'aider de toutes ses forces.

C'était bien un cadavre que je venais de retirer de l'eau, il me le sembla du moins, à voir l'inertie avec laquelle, une fois hissé à bord de la barque, il se laissa tomber au fond comme une masse. Mais j'étais moi-même tellement brisé par la nouvelle dépense d'énergie que je venais de faire, que je repris machinalement ma place à côté de Blanche, hors d'état de rassembler une idée ou de faire un mouvement.

Fort heureusement, le père Certain nous avait aperçus du rivage, vers lequel le flot nous portait, du reste, rapidement. Le brave homme avait aussitôt sauté dans une barque avec un autre pêcheur pour venir à notre

secours; il réussit à nous accoster sans accident, prit place avec une paire d'avirons dans
notre bateau, et, quelques minutes après,
nous débarquions, sains et saufs, mais fort
émus encore, on le comprendra sans peine,
à quelques pas de la petite anse où nous
nous étions embarqués.

En même temps que nous, on descendit le
corps du pauvre Tranquille, qui n'avait pas
fait un mouvement depuis que je l'avais si
heureusement repêché. Aussi ne fûmes-nous
pas médiocrement surpris en le voyant, à
peine déposé sur le sable, se redresser tout
seul d'un bond, puis se sauver dans la direction de Beuzeval sans le secours de personne.

Quant à Blanche, une bonne femme qui se
trouvait là me tendit un châle de laine grossière dont j'enveloppai la pauvre fille et je
l'emmenai, toute tremblante de fièvre, à l'auberge de Guillaume le Conquérant.

VI

Pendant que Blanche gagnait sa chambre, où elle se déshabillait et se mettait au lit, madame Le Rémois, avec beaucoup d'obligeance, m'apporta du linge et des habits appartenant à son fils l'archéologue et je pus me changer à mon tour ; puis je m'installai dans la cuisine auprès de la cheminée, où je me remis tout doucement de cette violente secousse, en buvant à petits coups un bol de vin chaud fortement aromatisé, pendant que la tempête faisait rage au dehors.

Au bout d'une heure, il ne me restait plus

que des bourdonnements dans les oreilles et
une grande lassitude dans les articulations.
J'aurais même pu songer à rentrer immédiatement à Trouville, n'eût été le scrupule de
partir sans savoir si notre tragique promenade en mer n'avait pas entraîné de suites
fâcheuses pour la santé de Blanche.

Elle n'était, pas en effet, de constitution
robuste, et notre quasi-noyade, surtout la
peur terrible qu'elle avait eue, avaient dû lui
causer une révolution dont elle ne se
remettrait pas facilement sans doute.

Aussi fis-je un saut de surprise en la voyant
entrer soudain dans la cuisine et venir à
moi.

— Impossible de dormir, me dit-elle d'une
voix nerveuse. Figurez-vous, c'est bête
comme tout, n'est-ce pas? figurez-vous que
j'avais peur là-haut, toute seule, dans ma
chambre. Peur de quoi? je vous le demande.
Alors, ma foi! quand j'ai vu que c'était plus
fort que moi, que j'avais beau m'arraisonner,
que je n'arrivais pas à me rassurer, j'ai

20.

pris le parti de m'habiller et de venir vous
rejoindre. J'avais besoin de voir quelqu'un,
de causer avec quelqu'un. Sans cela, je crois
que je serais devenue folle.

Elle s'assit à côté de moi et je m'efforçai
de la calmer avec de douces et affectueuses
paroles, comme on fait pour un enfant malade.

Elle ne répondait rien et regardait fixement
le feu sans m'écouter ; puis, tout d'un coup,
elle me dit :

— Savez-vous ce que vous feriez, si vous
étiez tout à fait aimable, ou plutôt si vous
vouliez me rendre un grand service ?

— Mais, ma chère amie, je ferai ce que
vous voudrez.

— Eh bien, emmenez-moi d'ici et recon-
duisez-moi à Paris.

— A Paris ? m'écriai-je stupéfait.

— Oui, à Paris, et tout de suite.

— Mais vous n'y pensez pas ? vous ne tenez
pas debout !

— Si ! si ! je veux partir !

— Voyons ! ce n'est pas sérieux ?

— Mais vous ne voyez donc pas, continua-
t-elle en éclatant, que je ne peux pas rester
une heure de plus ici? Si vous ne voulez
pas m'accompagner, je partirai seule, voilà
tout !

J'essayai encore d'insister, mais inutilement et je dus accepter de partir avec elle.

— La pluie vient de cesser justement, dit-
elle aussitôt, et le train ne part qu'à quatre
heures quarante-six ; il n'est pas quatre heures
encore. Nous avons le temps.

Madame Le Rémois poussa les hauts cris
en apprenant la résolution subite de sa pen-
sionnaire ; mais, comme celle-ci avait réponse
à toutes les objections avec des arguments
qui sonnaient clair sur le marbre blanc du
comptoir, la bonne hôtesse s'employa elle-
même à organiser notre départ avec un
empressement et un zèle tout à fait en dehors
de ses habitudes.

La pauvre Blanche ne tenait plus en place
tant elle avait hâte de quitter ce pays, que,
quelques heures auparavant, elle trouvait si

curieux et si amusant. Elle ne fut tranquille
que lorsque nous nous trouvâmes assis l'un
en face de l'autre sur les banquettes du
wagon, et que le train eut quitté la petite gare
de Dives.

Elle reprit alors presque aussitôt son
entrain et sa gaieté ; elle se mit même à
plaisanter la première de notre départ précipité, qui ressemblait à une fuite, disait-elle,
et à rire de ses terreurs.

Puis, son esprit se reportant à notre cata-
strophe.

— Vous rappelez-vous, me demanda-t-elle,
ce que je vous disais en riant ce matin? que
mon rêve était d'assister à un vrai naufrage, de
me trouver à bord d'un bateau en perdition?
Certes, j'étais loin de me douter alors qu'on
me prendrait si vite au mot.

— Et vous, Blanche, répondis-je en laissant enfin échapper une question qui me
brûlait les lèvres depuis plus d'une heure,
vous souvenez-vous de notre conversation
dans la barque, en partant de Beuzeval? du

peu de cas que vous faisiez de vos innombrables adorateurs et du regret mélanco-
lique que vous manifestiez de n'avoir jamais
rencontré sur votre chemin une affection
véritablement sincère?

— Eh bien?

— Eh bien, je me demande si, cette fois,
vous n'êtes point passée, sans vous en douter, à côté d'une passion naïve et furieuse.

— Où prenez-vous cela?

— Vous n'avez pas eu un instant le soupçon que c'était exprès que Tranquille nous
avait fait chavirer?

— En voilà une idée, par exemple !

— Eh bien, moi, en groupant certains
petits faits que j'ai pu observer, je me figure
positivement que les choses ont dû se passer
comme je viens de vous le dire.

— Mais c'est absurde! Pourquoi voulez-
vous que Tranquille ait essayé de nous noyer,
puisque, ne sachant pas nager, il était sûr de
se noyer en même temps que nous?

— Pourquoi? par jalousie.

— Par jalousie ?

— En vous voyant si libre, si familière avec moi, pendant que vous ne faisiez aucune attention à lui, peut-être s'est-il figuré que nous étions autre chose que deux amis, deux camarades, comme vous disiez.

— Et quand même ? Quand il aurait cru cela, qu'est-ce que vous voulez que cela lui ait fait ?

— Mais s'il vous aimait, lui ?

— Lui ! Tranquille, amoureux de moi ? Allons donc ! vous plaisantez, n'est-ce pas ?

Et la folle d'éclater de rire. Après quoi, elle se tut et regarda par la portière.

Je la laissai quelque temps à ses réflexions ; puis, la trouvant beaucoup plus calme, je lui demandai si elle voyait une objection à ce que je la quittasse à Lisieux, pour regagner Trouville par l'embranchement. Elle n'en avait aucune et me rendit, au contraire, ma liberté avec beaucoup de bonne grâce.

Nous entrions quelques instants après en gare de Lisieux.

— Adieu, me dit Blanche, et à bientôt,
n'est-ce pas?

Puis, au moment où je refermais le wagon,
après lui avoir serré la main, elle passa
brusquement la tête par la portière, et
ajouta :

— Décidément, vous étiez fou, mon cher,
avec vos idées... vous savez? sur Tranquille.

Toutefois, à la façon légèrement embarrassée dont elle disait cela, il me parut qu'elle
n'en était peut-être pas aussi sûre qu'elle
voulait me le faire croire.

FIN

TABLE

PARIS. — IMP. DE LA SOC. ANON. DE PUBL. PÉRIOD. — P. MOUILLOT. — 15872

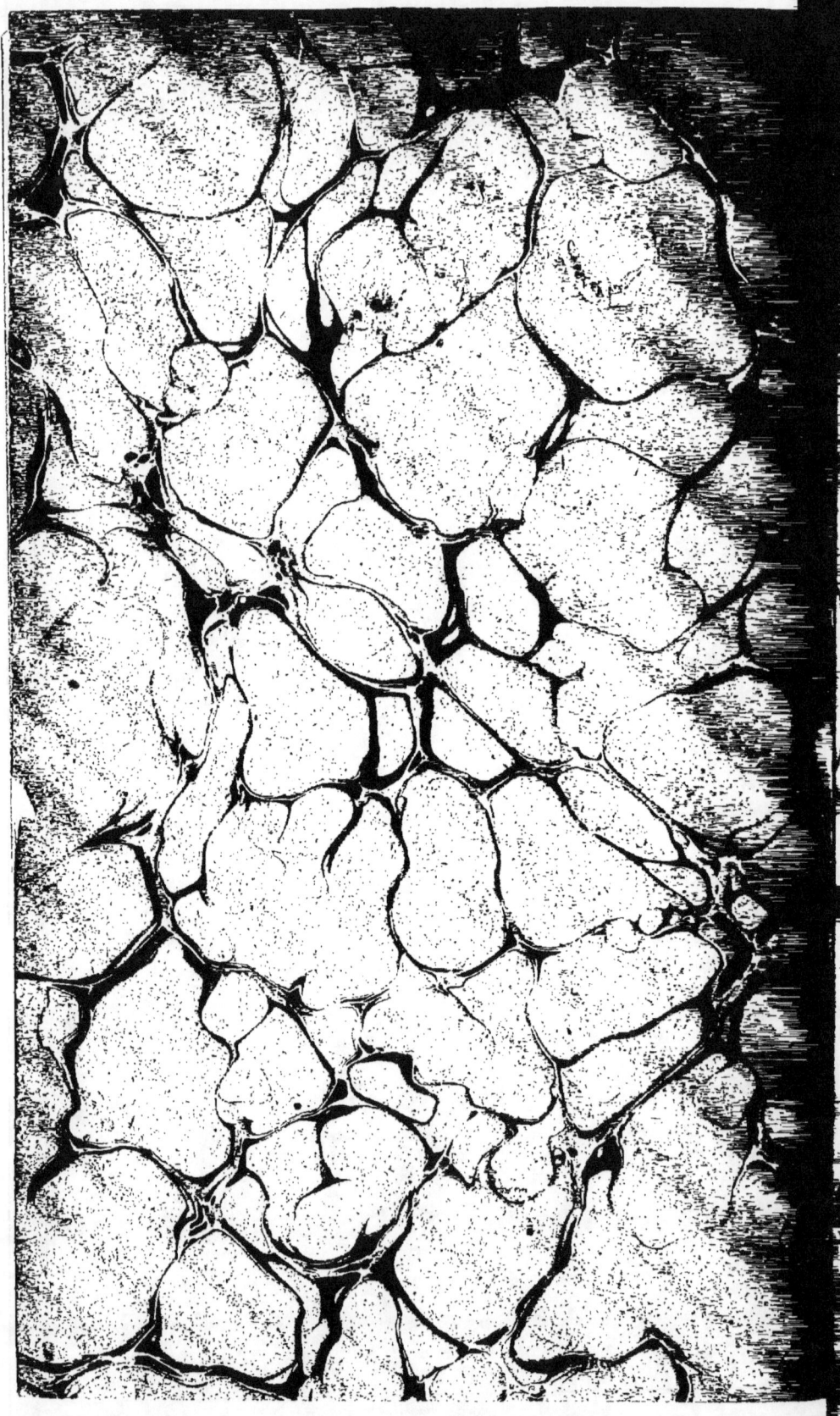

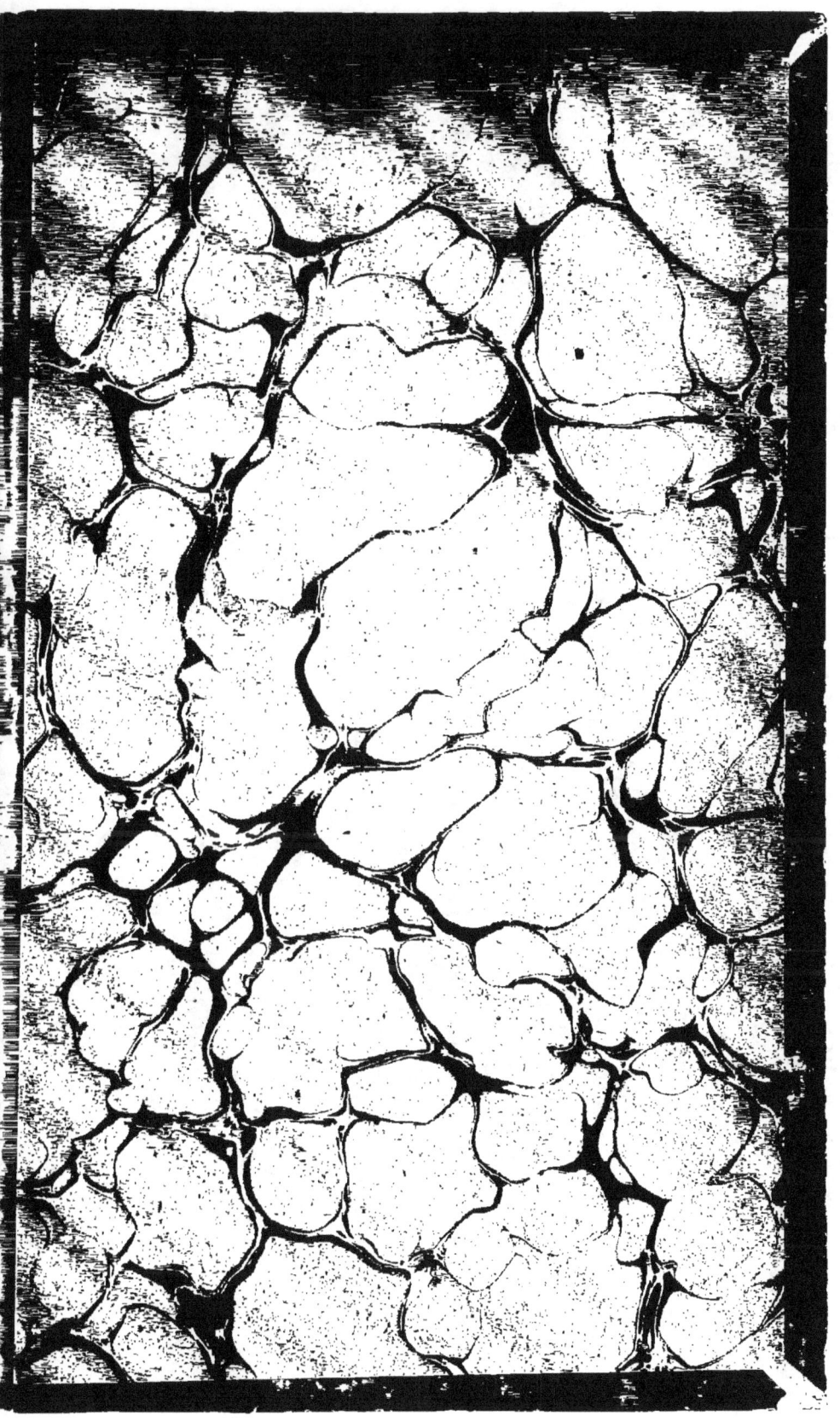

www.ingramcontent.com/pod-product-compliance
Lightning Source LLC
Chambersburg PA
CBHW050321030726
47505CB00003B/811